KB129796

언니들
인생을
리셋하다

언니들 인생을 리셋하다

초판 1쇄 발행 2017년 1월 11일

지 은 이	윤슬 외 8인
발 행 인	권선복
편 　 집	김정웅
교 　 정	천훈민
디 자 인	이세영
마 케 팅	권보송
전 자 책	천훈민
발 행 처	도서출판 행복에너지
출판등록	제315-2011-000035호
주 　 소	(157-010) 서울특별시 강서구 화곡로 232
전 　 화	0505-613-6133
팩 　 스	0303-0799-1560
홈페이지	www.happybook.or.kr
이 메 일	ksbdata@daum.net

값 15,000원

ISBN 979-11-5602-449-1   03810

Copyright ⓒ 윤슬 외 8인, 2017

＊ 이 책은 저작권법에 따라 보호받는 저작물이므로 무단전재와 무단복제를 금지하며, 이 책의 내용을 전부 또는 일부를 이용하시려면 반드시 저작권자와 〈도서출판 행복에너지〉의 서면 동의를 받아야 합니다.

도서출판 행복에너지는 독자 여러분의 아이디어와 원고 투고를 기다립니다. 책으로 만들기를 원하는 콘텐츠가 있으신 분은 이메일이나 홈페이지를 통해 간단한 기획서와 기획의도, 연락처 등을 보내주십시오. 행복에너지의 문은 언제나 활짝 열려 있습니다.

언니들 인생을 리셋하다

윤슬 외 8인 공저

도서
출판 행복에너지

참여 작가

곽정혜: L.T.O(Love Tree Orchestra) 매니저/자기계발 작가
김남희: 작은영어도서관 관장/영어강사
김인설: 중국어 강사/휴먼리더십 강사
마야: 캘리그라퍼/마야 손글씨 대표
윤슬(김수영): 작가/평생교육사/독서지도사
이경애: 아까르마 미용실 원장
조재자: 한국치유요가협회 회원/요가 강사
최성희(Justine): 영어강사/세라믹 핸드페인터
한정해: 프랑스 자수 강사

나와 그들,
그리고 당신을 위한
이야기

열 달의 과정이었다.

처음 배 속에 아이를 품은 엄마의 마음이 그러했을 것이다. 생김새가 어땠으면 좋겠다. 어떤 아이였으면 좋겠다. 이런 성격이었으면 좋겠다. 하지만 시간이 흐르면서 흥분된 마음은 차분해져 가고 바람은 한 가지로 모아진다.

'건강하게만 태어났으면 좋겠다.'

이번에 시도한 공저 쓰기 역시, 그 마음과 다르지 않았다. 9명, 9개의 색깔, 9가지의 스토리, 살아온 배경도 달랐고, 살아온 방식도 다른 9명의 이야기. 그러나 한 가지만은 모두 똑같았다. 지금껏 누구보다 자신들의 삶을 사랑하며 살아왔다는 사실. 그랬기에 가능한 시도였다.

진정으로 '자신의 삶'을 사랑하는 사람만이 다른 사람에게 '사랑'을 노래할 수 있는 법이다. 짧든 길든. '내 꽃도 한 번은 피리라.'라는 마음으로 살아온 그들이다.

그런 그들이 2016년 3월, 찬바람에 옷깃을 여미며 만났다. '공저 쓰기'라는 지금껏 시도하지 않았던 영역에 '자신'을 던졌다. 한 걸음 물러서고 싶은 스스로에게, '해야만 한다.'는 마음으로 밀어붙였다. L.T.O매니저, 영어도서관 관장님, 중국어 선생님, 캘리그라퍼, 미용실 원장님, 요가 선생님, 세라믹 핸드페인터, 프랑스 자수 선생님이라는 익숙한 이름표를 내려놓고 글을 써내려갔다. 마치 어린아이가 된 것처럼, 세상을 처음 만난 것처럼.

지나온 시간과 앞으로의 시간들 사이의 경계를 확인하면서 2016년의 여름을 누구보다 뜨겁게 달구었다. 2개월간의 글쓰기 연습을 시작으로, 초고쓰기와 고쳐쓰기, 퇴고에 퇴고를 거듭하는 과정에서 탄생한 이야기. 지금부터 그 이야기를 들려줄까 한다.

글 속에서 당신은 울기도 하고, 혹은 웃기도 할 것이다. 당신을 닮은 모습을 만나면 환하게 웃어주었으면 좋겠다. 혹 그동안 외면하고 싶었던 모습을 만나면, 이번 기회에 한번 안아 보았으면 좋겠다. 그리고 그들의 이야기를 통해 당신이 느꼈으면 좋겠다. "그들도 나와 다르지 않구나.", "나도 잘 살아왔구나. 이만하면 나도 괜찮았네."라고.

이제 만나러 가보자.

당신을 위해 그들이 준비한 이야기 속으로.

윤슬 [김수영]

Part 01
곽정혜

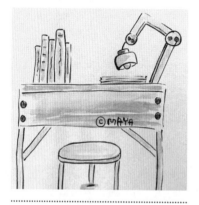

Part 02
김남희

Part 05
윤슬(김수영)

Part 06
이경애

Part 09
한정해

Part 01
곽정혜

L.T.O(Love Tree Orchestra) 매니저, 자기계발 작가

남편이 지휘하는 단체에 매니저로 활동하고 있다.

40대 나의 인생을 리셋하기 위해 용기 내어 글쓰기에 도전하다.

아이들에게 당당한 엄마로, 남편에게는 능력 있는 아내로, 한 여자로 우뚝 서기 위해

익숙한 것들과의 결별을 선언하고 세상을 향해 한 걸음을 내딛는다.

내 마음 들여다보기

어떤 상처는 자연 치유되기도 한다. 하지만 상처를 치료하지 않거나 뒤늦게 발견했을 때는 최악의 상태가 되거나 재생불능이 되어 손을 쓸 수 없을 때도 있다. 나는 상처가 더 악화되기 전에 치료하고 새살을 돋게 하고자 스스로 용기 내어 내 마음을 들여다본다. 군데군데 상처가 훈장처럼 박힌 곪기 직전의 상처도 보이고, 그나마 양호한 상태여서 치유 가능한 상처도 보이고, 최악의 상황으로 몰고 갔던 상처들도 보인다. 지금껏 조마조마한 마음으로 살아왔다.

뻔히 나빠질 것을 알면서도 차마 상처를 들여다볼 용기를 내지 못했다. 혹시나 상상 이상의 모습을 보게 될까 봐 겁이 나기도 했다. "안타깝지만 어쩔 수 없습니다."와 같은 사형선고를 받게 될까 봐 두려웠다. 지금껏 그렇게 늘 외면해 왔다.

그러던 어느 날, 그런 삶에 익숙해져 있는 '나'를 발견하게 되었다.

상황에 따라 임기응변식으로 대처하고 행동할 뿐, 더 이상의 노력이나 나아지려는 행동을 하지 않고 있었다. '내 능력은 여기까지예요.'라며 스스로 못을 박고 있었다.

'나란 사람이 그렇지 뭐. 앞으로도 내 인생의 해 뜰 날은 아마 없을 거야. 지금보다 더 나빠지기야 하겠어. 이대로 나에게 주어진 양만큼의 복만 가지고 살아도 최악의 삶은 아닐 테니까.'

은연중에 나를 세뇌시키고 있었다. 물론 처음부터 이런 생각을 가진 건 아니었다. 나름대로 책임감을 가지고 생활해 왔고 성실하고 좋은 사람이란 평가를 받으며 살아왔다. 하지만 그것들이 내면에 깊숙이 자리한 상처와 아픔들을 치유하기에는 역부족이었던 모양이다. 어느 정도의 노력으로 극복할 수 있는 부분도 있었지만 그 이상은 한계에 부딪쳤다.

엄한 가정에서 자라온 나는 자신감 없고 주눅 들어 있는 아이로 성장했다. 권위적이셨던 아버지는 내게는 충분히 위협적인 존재였고 벗어나고 싶은 대상이었다. 칭찬보다는 꾸중을, 기분 좋은 날보다는 우울한 날이 더 많았다. 늘 아버지 눈치 보기에 바빴고 오로지 빨리 어른이 돼서 집이란 올가미에서 벗어나는 게 소원이었다. 우리 집에서 벗어나면 뭐든 잘할 수 있을 것 같았고, '새로운 나'로 거듭날 수 있을 것만 같았다.

긴 기다림만큼 마음의 상처도 깊어져 갔고 자존감은 낮아져 갔다. 바닥을 치면 올라간다고 했는데 전혀 그럴 기미가 보이지 않았다. 그런 마음의 상처는 대인 관계에서 큰 걸림돌이 되었다. 늘 나의 생각과 주장을 당당하게 말하지 못했고, 스스로를 과소평가했다. 자신감을 잃어가자, 도전하는 것이 두려워졌다. 실패에 대한 강박은 나를 더욱 힘들게 했다. 무언가 탈출구가 필요했다. 일말의 희망을 가지고 결혼을 선택했다. 벗어나면 새로운 세상이 펼쳐질 것이다. 새로운 삶을 살 수 있을 것 같았고, '새로운 나'가 될 수 있을 것 같았다. 하지만 결혼은 또 다른 고민을 안겨주었다. 마치 연속선상에 서 있는 느낌이었다.

연좌제에 걸린 사람처럼 과거와의 연결고리에서 쉽게 벗어날 수 없었다. 끈질기게 내 꽁무니를 물고, 놓아주려 하지 않았다. '이제 돌아가라. 아득한 기억 속에서만 자리하고 있어라. 불러내기 전까지 꿈쩍도 하지 마라.'라고 소원해 보아도 떨어질 줄 모르는 껌딱지처럼 흉물스럽게, 짐처럼 내게 바짝 붙어 또 다른 상처를 안겨주었다. 점점 더 모든 것에 의욕을 잃어갔고 무기력해져 갔다. 공격이 들어와도 방어하지 못했다. 아니, 하고 싶지 않았다. 내 편은 하나도 없고, 남의 편만 있는 것 같았다. 내가 할 수 있는 건 아무것도 없는 것 같았다. 그냥 숨을 쉬면서 살아가는 것뿐, 주어진 삶을 지켜내는 것뿐, 영혼 없는 날들이 속절없이 흘러갔다. '언젠가 달라지겠지.', '변화가 있겠지.'라는 막연한 희망만을 품으며 지냈다. 그러나 우리 가정에 닥친

풍파는 좀처럼 잠잠해지지 않았다

　풍파의 절정은 2014년, 겨울 끝자락쯤이었다. 세상은 다가오는 봄을 노래했지만, 나에게는 혹독한 칼바람이 불어왔다. 남편이 내게 안겨준 상처는 '쓰나미'처럼 순식간에 나를 덮쳤다. 어릴 적 받은 상처보다 몇 배 더 강력했다. 정신 차릴 틈도 없이 무참히 짓밟혔다. 몸도, 마음도 피폐해져 갔다. 매일을 넋 나간 사람처럼 멍해 있었다.

　"이런 일을 왜 내가 당해야 하지? 그렇게 잘못하면서 살지 않았는데."

　울며 가슴을 쳐 봐도 달라지는 건 없었다. 제정신으로는 살아갈 수 없었다. 정말 모든 상황이 마치 나를 "너, 죽어버려."라며 사지로 내몰고 있는 느낌이었다. 세상의 모든 힘든 일들이 내게로 한꺼번에 쏟아져 내린 느낌이었다. 극단적인 생각도 해보고, 자해나 자살 시도를 하기도 했다. 두 아이도 눈에 들어오지 않았다. 나 혼자 감당하기에는 너무 벅찼다. 상황은 나아지지 않고 점점 구렁텅이 속으로 빠져들어 갔다. 내 심장이 죽어버린 건 아닐까. 뜨거웠던 지난 시간들이 못내 두려워 차라리 차가워진 채로 내 심장을 부여잡고 살기로 작정했다. 내 세상은 거꾸로 돌아가고 있었다. 그렇게 기억하고 싶지 않은 1년을 은둔자처럼 보냈다.

내 삶을 리셋하다

죽고 싶을 만큼 힘들었던 그때, 내게 보석 같은 기회가 찾아왔다. 조금이라도 숨통을 트여 주고 싶었던 걸까. 어릴 적 친구로부터 연락이 왔다. 움츠려 있지 말고 세상 밖으로 나오라며 내게 손을 내밀었다.

"소개시켜 주고 싶은 공간이야. 분명 너도 좋아할 거야. 너에게 자극도 될 거고. 차 한잔 마시러 간다고 생각하고 가자. 데리러 갈게."

친구의 마음이 고마웠지만, 아직 무엇을 시작할 마음도, 받아들일 준비도 되어 있지 않았다. 아니, 하고 싶은 마음이 없었다. 굳이 애써 가며 살아갈 의미도 필요성도 느끼지 못했던 내가 그곳을 간다고 해서 무슨 의미가 있겠나 싶었다. 데리러 온 친구의 성의를 생각해 약속된 시간에 나오기는 했지만 마음이 영 불편하고 내키지 않았다.

친구와 함께 문을 열고 들어간 곳은 작은 카페 같은 느낌을 주는 강연 체험 장소였다. 사람들로 꽉 차 있었고, 공간을 가득 메운 사람들의 열기로 인해 더위마저 느끼게 했다. 벽면에 '공감'이란 두 글자가 눈에 들어왔다. 강의가 시작되자 주위를 둘러보았다. 모임에 참석한 사람들 모두가 열중하며 강의를 들었다. 발갛게 상기된 얼굴로 메모하는 모습이 그렇게 반짝여 보일 수가 없었다. 일순간 나 자신이 초라하게 느껴졌다.

"모두들 저렇게 열심히 배우려 하는데, 넌 그 수많은 시간들을 자기 비하와 운명, 환경 탓으로 흘려버리기만 했잖아. 너 자신을 사랑하고 네 삶을 조금이라도 가치 있게 하려는 노력을 한 번이라도 해봤어?"

나도 모르게 그렇게 묻고 있었다. 스스로를 발전시키고 '자신의 삶'을 가꾸기 위해 노력하는 모습에 나도 모르게 전율이 일었다. 그 열정 때문이었을까. 죽어가던 가슴이 뛰기 시작했다. 참으로 오랜만에, 무언가를 해보고 싶다는 열망이 끓어올랐다. 그것도 자발적으로.

그렇게 '공감'과의 인연이 시작되었다. 누가 권유하지도, 시키지도 않았다. 내면의 소리에 반응했을 뿐이다. 아마도 나의 상황이 누구보다 간절하고 절박했기에 다른 사람들에게는 평범해보였을 수 있는 그 모습이, 내게는 특별함으로 다가왔는지도 모른다.

그때부터였다. 지금이 아니면 다시는 어떤 시도나 노력도 할 수 없을 것 같은 절박함에 악착같이 매달렸다. 정말 '사는 것'처럼 살고 싶었다. 숨만 부지하고 사는 생명이 아닌, 온몸으로 펄떡이며 움직이는 물고기처럼 생동감 있게 살고 싶었다. 누구를 위해서도 아닌 오로지 나만을 위해서. 이기적이라고 해도 좋다. "누가 뭐래도 상관없어. 이제부터 온전히 나를 위해 살 거야. 옛날의 나를 벗어던지고 새로운 나로 거듭나는 거야. 보란 듯이 변해 있는 나를 보여줄 거야."라고 굳은 결심을 했다.

오래전 '미녀는 괴로워'란 영화가 이슈화 된 적이 있다. 김아중이 분한 역에서처럼, 누구도 거들떠보지 않는 외모와 존재감으로 인해 사랑마저 외면당하는 그녀가 전신성형을 하면서 모든 사람들의 관심과 시선을 한 몸에 받으며 자신감을 얻게 된다. 짝사랑하던 남자의 마음도 얻게 되면서 불안하지만 행복한 시간들을 보내는 장면들이 있었다. 나도 변하고 싶었다. 외모가 아닌 나란 존재감으로, 당당함으로 사람들을 놀라게 해주고 싶었다.

날마다 맷집을 키우다

나의 첫 번째 도전이 시작되었다.

소·나·무(책 읽는 소리, 글 쓰는 소리, 이야기 소리)란 독서 모임에 참여했다. 각자 한 주간 읽은 책을 소개하고, 내용을 공유하는 순서로 진행이 되었다. 그 과정 속에서 나의 생각과 속마음, 묻어 두었던 이야기들을 자연스럽게 풀어놓게 되었다. 무엇에 홀린 것처럼 나도 모르게 속마음을 이야기하고 있었고, 진심으로 경청하고 공감해 주는 사람들의 모습에 꽁꽁 닫혀 있던 마음의 문이 무장해제 되었다. 두서없고 영양가 없는 내 말을 들어주고 피드백 해주는 사람들이 너무 고마웠고 감사했다. 다른 사람들의 이야기를 통해서도 자극과 도전을 받았음은 물론이다. 스스로 더 나아지려는 자세를 가지려고 노력하게 되었다. 회가 거듭될수록 책이 주는 무게감에 힘들 때도 있지만, 스스로를 다독이고 격려하며 꾸준히 독서모임에 참여하고 있다.

길은 길에 연하여 있다고 했던가. 두 번째 도전은 영어동아리 모임인데 항상 필요를 느끼면서도 선뜻 도전하지 못했다. 나로서는 큰 용기가 필요한 분야였다. 늦다고 생각할 때가 가장 빠르다는 명언처럼 늦은 감이 있지만, 지금 시작한다면 외국인들과 기본적인 소통은 가능하지 않을까 하는 생각에 노력 중에 있다. 포기하고 싶은 마음이 들 때도 있지만, 기회란 두 번 다시 오지 않기에 스스로 당근과 채찍을 번갈아 주며 고지를 향해 가고 있다.

세 번째 도전은 여러 가지로 의미가 있고, 평생 기억될 만한 도전이다. 책 쓰기 동아리인데 평소에 글쓰기에 관심이 있거나 나의 글을 남기고 싶은 사람들이 모여 연말 출간을 목표로 공저쓰기 작업을 진행했다. 9명 모두 각자 개성이 있고 에너지가 대단해 많은 자극을 받았다. 매주 목요일 저녁 각자가 쓴 글을 발표하는 시간이면 감탄사가 절로 나왔다.

"어떻게 저런 표현을 쓸 수 있지."

"작가가 된다 해도 손색이 없겠다."

내 글과 비교하면서 스스로 한없이 작아질 때도 많았다. 그러면서 자극이 되어 더 노력하기도 했었다.

글쓰기를 하면서 가장 많은 것을 얻는 사람은 바로 '나 자신'이다. 얽혀 있던 생각들이 바로잡히고 체계적이 되어, 나를 정면으로 바라볼 수 있게 되었다. 아프기도 하지만 생채기를 도려내어 새살을 돋게 하는 신비로운 경험도 했다. 글을 통해 과거와 화해함으로써 현재와 소통하고 미래를 꿈꿀 수 있는 비전과 목표가 생기면서 자신감도 늘어났다. 돌이라도 씹어 삼킬 만큼 힘과 에너지가 솟는다. 이제 더 이상 새로운 도전을 두려워하지 않으며 더 나은 목표를 향해 용기 낼 것이다. 지금 나는 또 다른 도전을 계획 중이다. 네 번째 도전은 나를 위해서가 아닌 남을 위한 도전이 될 것이다. 라틴어로는 'Non Si bi', 영어로는 'Not For Self'이다. 나를 위해서가 아닌 남을 위해서란 뜻이 담겨 있다.

이제 우리나라도 다문화시대에 들어섰다. 주변을 보더라도 외국인들을 심심치 않게 볼 수 있다. 특히 동남아나 아시아계 외국인들이 늘어나고 있는 추세인데 그들이 겪는 문화적인 어려움과 소통의 문제, 인종차별은 상상 이상일 것이다. 그들에게 우리나라에서나 혹은 지역에서 잘 적응하며 함께할 수 있도록 소통의 장을 마련하고 싶다. 미력하나마 그들에게 힘이 되어 줄 수 있는 작은 단체를 만들고 싶다. 아이들 혹은 어른들로 구성된 다문화 오케스트라를 만들어 음악으로 하나 될 수 있고, 타국 생활에서의 어려움을 음악으로 치유 받게 해주고 싶다.

나의 한 걸음이 작을 수도 있지만 영향력을 줄 수도 있으리라는 생각에 조심스레 첫발을 내딛어 보려 한다. 두려움을 떨치고, 용기를 내어 시도하려 한다. 돌이켜 보면 지난 세월 겪은 아픔과 고통이 결코 헛되지만은 않은 것 같다. 그런 고난의 과정들이 있었기에 스스로 일어서기 위해 노력하는 사람이 되었고, 타인의 아픔에 깊이 공감하는 마음도 생겨난 것 같다. 이젠 어려움에 직면해서도 능히 맞설 수 있는 배짱도 생기고, 맷집이 생겼다. 두려움을 극복할 수 있는 강인함도 지니게 되었고, 어느 때보다 충만한 자신감과 당당함으로 세상을 정면에서 바라보고 있다.

내가 가고자 하는 길의 끝이 어디인지는 나도 알 수 없다. 하지만 분명한 것은 앞으로도 나의 도전은 계속될 것이며, 나를 넘어 남을 위한 일들로 범위를 넓혀갈 것이다. 결코 넘어지는 것을 두려워하지 않을 것이다. 나를 응원하며 나아갈 것이다. 스스로 노력해 이루어 내는 성과물은 그 어떤 보석보다도 값지다고 생각한다. 그 속의 눈물, 노력, 수고의 땀방울이 스며들어 더 아름다운 빛을 발하기 때문이다. 힘들고 어려운 시간들을 극복하고 홀로 우뚝 서면, 분명 보석 같은 기회가 주어지고 탐스러운 열매가 맺힐 거라고 나는 확신한다.

잘 될 거야

누구나 말로 상처 받거나 혹은 말로 인해 다시 일어설 수 있는 계기가 된 경험을 한 적이 있을 것이다. 나의 경우는 정신적으로 받은 상처보다 말로 받은 상처가 더 컸다. 사람들이 내뱉은 말이 화살이 되어 주홍글씨처럼 내 가슴에 박혔다. 빼내려 해도 빼내지지 않았다. 말이 주는 화살의 충격은 머릿속으로도 전해져 귓가에 이명이 들리듯 계속해서 맴돌아 지워지지가 않았다. 무기력함과 마음의 상처들은 나도 모르는 사이에, 나를 약하게 만들었다. 아무 생각 없이 내뱉은 말이 상대를 코너에 몰리게 하리라고 아마 상상조차 하지 않았을 것이다.

어떨 때는 알면서도 수습하지 못해 그냥 모른 체하고 넘어가는 경우도 있을 것이다. 하지만 이미 상대는 만신창이가 되어버렸을 수도 있다. 물론 사람마다 다를 것이다. 듣고도 "에이, 기분 나쁘네."라며 마음에 담아 두지 않고 흘려버리는 사람이 있는가 하면 사진 찍듯 머릿속에 글자 한 마디, 한 마디를 놓치지 않고 새겨 넣는 사람도 있다. 후자에 속하는 나는 그런 부정적인 의미가 내포된 말들로 인해 삶의 지반이 자주 흔들렸다. 그럴 때 정말 듣고 싶은 말이 있었다. 진심 어린 위로를 느끼고 싶었다. 길지 않아도 좋았고 많지 않아도 좋았다.

"괜찮아, 너는 잘 될 거야."
"충분히 잘하고 있어."
"힘내."

그러나 어디에서도 이 어렵지 않은 몇 마디 말을 들을 수 없었다. 점점 말수가 줄어들었다. 말을 하지 않으면 '듣기 싫은 말'을 듣지 않을 것 같았다. 하고 싶은 말은 마음으로, 듣고 싶은 말은 독백으로 대신했다. 그러다 보니 말도 어눌해져 갔다. 실어증에 걸린 사람처럼 첫 마디를 내뱉는 일이 너무 어려웠다. 그즈음이었다. 말의 위력에 맞대응할 수 있는 용기가 생기고 말로 인한 상처가 회복되는 경험을 하게 되었다. 바로 '공감'에서 강연을 제의받게 된 것이다. 나를 둘러싸고 있던 껍질을 깨고 용기 내어 세상 밖으로 고개를 내민다는 것은 낯설었다.

힘들고 부족한 게 많은 내게 '공감'을 운영하고 있는 두 분은 세상을 향한 첫 무대에 설 것을 권유했다. 용기도 나지 않았고, 이제껏 나에 대해 얘기한 적도 없었기에 망설여졌다. 귀한 시간을 내어서 오는 사람들에게 혹여 누가 되지 않을까, 공감지기 두 분에게 폐가 되지 않을까 하는 갖가지 고민들과 염려로 쉽게 결정할 수가 없었다. 망설이고 있는 나에게 두 분은 이런 말을 해 주었다.

"이번 강연을 하시게 되면 분명히 변화된 모습을 발견하게 될 거예요. 자신감을 얻게 될 것이고, 그 자신감은 또 다른 도전을 낳게 할 거예요. 충분히 잘하실 수 있어요. 조금이라도 도움을 드리고 싶어 저희가 믿고 부탁하는 거예요."

그 말에 나도 모르게 용기가 생겼다. '믿는다. 잘할 수 있을 거다. 자격이 있다.'는 말이 마법사의 주문처럼 나를 일으켜 세웠다. 엄마가 아이에게 용기의 말로 힘을 북돋워 주는 것처럼 위로가 되고 힘이 되었다. 첫 강연을 어떻게 했는지 기억나지 않을 정도로 떨고 두서없었지만 듣는 사람 모두 따뜻한 시선으로 바라봐 주고 진심으로 공감하고 경청해 주어 얼마나 감사했는지 모른다. 칭찬의 말과 격려의 말도 아끼지 않았다. 내가 잘해서라기보다 모두가 열린 마음으로 들어 주었기 때문이 아닐까라고 생각한다.

강연이 끝나고 난 후 나의 내면에 뭔가 꿈틀거리는 것이 느껴졌다. 단지 몇 시간 전이었을 뿐인데, 분명 달라져 있었다. 싹이 땅속에 숨어 있다 스멀스멀 피어 올라와 꽃망울을 터뜨리는 것처럼 순식간에, 동시에 자연스럽게 나를 변화시키고 있었다. 흥분된 마음은 쉬이 가라앉지 않았다. 저녁 무렵 공감을 운영하는 두 분과 연락이 닿았다.

그날의 통화와 문자는 그 이후부터 잊지 않고 기억하고 있다. '또 다른 나'를 만나게 해 주었기에.

"생각하시는 것보다 훨씬 능력 있고 가지신 게 많으신 분이에요."
"더 잘하실 수 있고 앞으로도 꼭 그렇게 되실 거예요."
"오히려 저희들이 도움 받아야 할 것 같아요."

이런 말들이 얼마나 힘이 되고 격려가 되었는지 모른다. 천군만마를 얻은 것처럼 온몸에 힘이 들어간다. 긍정의 말보다 부정의 말을 더 듣고 지내온 나에게 이런 몇 마디 말은 어떤 종교의 힘보다 강력하게 다가왔다.

'말의 힘이 이렇게 대단한 것이었나.'

새삼 느끼게 되었다. 사람은 자신이 간절히 바라는 말이나 칭찬을 듣게 되면, 모든 고통과 아픔은 물론 두려움도 떨치고 일어나게 된다고 들었다. 그날 이후 나 역시, 될 수 있으면 긍정의 말, 용기 주는 말, 격려의 말을 해 주기 위해 노력한다. 말의 위력을 알고 스스로 체감했기에. 오늘도 거울을 보며 스스로에게 주문을 건다.

"잘 될 거야."

"잘할 수 있어."

글과 사랑에 빠지다

창문을 열었다. 폭풍전야 같은 바람이 내 몸을 빨아들일 듯이 불어온다. 여느 때 같으면 스산함마저 느끼게 했을 바람인데도 나를 휘감은 저 거센 바람이 그지없이 상쾌하게 느껴지는 건 기분 탓일까. 내려놓을 수 없는 짐처럼 내내 나의 어깨를 짓누르고 있던 작업이 마무리되었을 때의 묘한 이 느낌을 뭐라 표현하면 적절할까.

부지불식간에 이루어진 생애 첫 글쓰기는 매일매일 숙제처럼 나를 힘들게도 하고, 방공호처럼 안전한 도피처가 되어주기도 했다. 매주 글쓰기 모임 때면 시험대에 오르는 임상 실험자처럼 부담감과 불안함에 신경이 팽팽하게 곤두서 조금만 건드려도 터질 것만 같았다. 그러나 내 속에 감추어지고 복잡하게 얽혀 있는 생각의 실타래들을 풀어나갈 때의 희열이 싫지는 않았다. 물론 여러 갈래의 생각들이 한 지점에 엉켜 풀지 못할 때는 거의 초죽음이 되다시피 털썩 주저앉아

넋을 놓기도 했지만.

글을 향한 절절함과 안타까움, 애끓음은 마치 사랑에 빠져 일방적인 구애를 하고 있는 남녀의 모습과 흡사했다. 강도는 점점 세져 수그러들 기미가 보이지 않고 마음앓이는 나날이 더해져 갔다. 적절한 처방전을 시도해 보았지만, 특효약은 없었다. 계속해서 내 속에 있는 감정의 덩어리와 실타래들을 지면에 쏟아붓는 것밖에는 달리 방법이 없었다. 이런 내게 '글과 연애 하고 있다.', '글과 사랑에 빠져 있다.'라는 진단을 내렸다.

그래, 어쩌면 목하 열애 중인지도 모르겠다. 밀당 같은 건 하고 싶지 않다. 구차하게 매달리느냐고 핀잔을 들어도 상관없다. 일방통행이라도 할 수 있게 해 준 것만도 감사하다. 언젠가 내 속에 살포시 안겨 스며들듯 다가오겠지. 그때 튕겨도 늦지 않을 것 같다.

글에 대한 나의 감정들과 고민들은 나도 모르게 나를 성장시키고 있었다. 글을 쓰기 위한 준비 과정으로 여러 종류의 책들을 공부하듯이 읽기도 하고 꼼꼼히 필사를 하기도 했다. 맛있는 문장에 현혹되기도 하고, 감탄사를 연발하기도 하면서 사춘기 소녀처럼 밤을 새며 설렜던 적도 많았다. 잘 익은 글 하나, 문장 하나 만나고 나면 나도 모르게 들뜨고 무릎을 치게 되며, 작가의 뇌가 뿜어내는 총천연색 향연을 맛보게 되는 행운도 누린다. 그 향연에 취해 몽롱해질 때가 한두 번이 아니다. 세상에 이렇게 많은 언어들이 포도송이처럼 군데군데

알알이 박혀 보물처럼 숨어 있으리라고 예상조차 못 했다.

그 많은 언어들을 내 것으로 만들지 못하고 조련하지 못한 것에 안타까웠고, 아름답고 깊이 있는 문장들을 생산해내지 못한 나의 부족함과 얕은 지식에 풀이 죽기도 했다. 어떨 때는 의도치 않게 여기저기서 좋은 문장들을 데려와 마구 짜깁기하기도 했었는데, 그럴 때마다 나의 마음과 진심이 격렬하게 싸운다. 누가 이기나 내기라도 하듯 바라보기도 했었는데, 다행히 진심이 승리해 스스로 흐뭇해했던 적도 제법 많다.

무엇보다 글을 쓰면서 가장 많은 혜택을 받은 건 나였다. 숨기고 싶은 과거와 치부처럼 여겨왔던 일들을 지면으로 끌어올렸을 땐 마치 실오라기 하나 걸치지 않은 알몸으로 단두대에 서있는 사형수처럼 느껴져 덮어버리고 싶을 때도 있었다. '굳이 이렇게까지 써야 하나.'라는 고민으로 지면이 텅 비워져 있을 때도 있었다. 어디론가 숨어 이 상황을 모면하고 싶기도 했다. 하지만 용기 내어 글로 풀어냈을 때 과거는 부끄러워하거나 감추어야 할 '죄'가 아니었다. '경험'이고, '삶'이었다. 글을 통해 과거의 그림자들이 하나, 둘 씻겨 갔고, 얽매여 있던 감정들도 보듬어 안을 수 있게 되었다. 그렇게 묵혀놓았던 기억들로부터 자유로워지기 시작했다.

글 쓰는 작업은 내게 마약 같은 존재다. 날개를 단 듯 문장들이 머릿속을 떠다니고 그것들을 선별해 글로 풀어내느라 새벽이 오는 것도 잊을 때가 많다. 밤을 지새우고 고단해도, 전혀 힘들지 않다. 오히려 정신은 명료해지고 에너지가 솟아오른다. 글을 쓸 때만큼은 진정한 나와 대면하고 몰입하게 된다. 내 안의 찌꺼기들을 토해내면서 깃털처럼 가벼워지는 것을 느낀다. 그러면서 가벼워진 마음속만큼이나 풀어내는 이야기도 담백해진다. 거르고 걸러진 생각들이 글로 정리되면서 또 다른 세상이 펼쳐져 행복감에 젖는다. 김탁환은『천년습작』이란 책에 이렇게 썼다.

"작가란 항상 밑줄 긋는 자이면서 밑줄 긋는 문장을 만들기 위해 몰두하는 족속입니다."

오늘도 난 밑줄 그을 수 있는 문장을 만들기 위해 노력하고 있다. 한 단어, 한 문장을 지면에 담는 건 무척 힘들고 고통스러운 작업이다. 그 과정이 고행 같더라도 연애하며 사랑에 빠져있기에, 난 행복한 족속이다.

아들에게

너의 뒷모습이 말해주고 있었다.
말로 표현하지 않아도
"나, 무지 힘들어요."
세상의 무거운 짐들이 가녀린 너의 두 어깨에 켜켜이 쌓여
주체할 수 없는 삶의 무게로 짓눌려 있다는 것을.
아마도 너의 눈시울은 저녁노을처럼 붉게 물들어 있을 것이고
가슴은 격한 울먹임으로 멍들어 있을 것이다.

뒤돌아 바라보면 울음 터질 것 같아 어깨 너머로 손 흔드는 너
바라만 보는 나.
터덜터덜 발자국 소리 사라질 때까지
주위가 온통 어둠으로 까맣게 물들 때까지

두 눈이 물안개로 자욱해질 때까지
그렇게 한참을 멍하니 서있었다.

아직은 세상을 향해 활짝 웃을 나이.
꿈을 꽃 피울 나이.
사랑을 동경할 나이.
하지만 안타깝게도 현실은 네게 그런 여유를 주지 않는구나.
어김없이 '내일'은 다가올 테고
숨 고를 새 없는 시간과의 전쟁이 계속될 텐데.

엄마가 신이라면 좋겠다.
소리 없이 넘나들며
아무도 모르게 너 도와주게.
어릴 적 해맑은 웃음 되찾아 주게.

글쟁이

투 톤의 컬러가 묘한 조화를 이루는 저녁노을, 동네 마실 가듯 한
가로이 떠다니는 구름들, 박제된 듯 움직이지 않는 풍경, 계절 따라
옷을 갈아입는 나뭇잎, 귓가에 들려오는 이야기들이 글감이 되었다.
회상하고 싶지 않은 과거가 글의 제목이 되었다.

말, 글, 시가 온몸의 세포를 찌릿찌릿 일으켜 세우고 오감을 자극
한다.

폐부로부터 올라오는 감성이 전신을 휘감는다.

그 순간 섬광처럼 글들이 내 안에 들어와 박혀 불면의 밤을 새우게
한다.

까아만 어둠이 내려앉자, 희뿌연 여명이 시야에 가득 차오른다. 애
끓음에 허기진 사람처럼 기진맥진해 누워버리고 만다. 미처 피워내
지 못한 절절한 이야기들이 마음을 어지럽힌다.

아쉬움으로 눈시울이 붉게 물든다. 가슴속에서 불꽃이 일렁인다.

심장이 활화산처럼 뜨거워져 터질 것만 같다. 얼굴은 붉어지다 못해 빨갛게 달아오른다.

뜨거운 열기를 겨우 달래자, 문장들이 머릿속에서 퍼즐 조각처럼 배열을 맞춰 자기 자리를 찾는다. 썼다, 지웠다 마음의 지우개가 요동친다.

너덜너덜해진 종이 위로 떨어지는 눈물방울, 파문이 되어 나를 울린다.

거르고 걸러진 생각들이 정리되니, 나만의 세상이 파노라마처럼 펼쳐진다.

오랜 진통 끝에 한 편의 글이 탄생된다. 힘듦도 잠시, 새 생명의 탄생이 주는 경이로움에 그간의 수고는 잊혀 버린다. 나도 모르게 손가락에 힘이 들어간다. 다섯 손가락은 거짓말처럼 손의 감각을 기억해 미끄러지듯 움직인다. 눈동자는 검은 활자를 쫓느라 쉴 사이가 없다. 밤을 새는 일은 일상이 될 것이고, 마음앓이는 계속되겠지만 마약처럼 또다시 그 길로 빠져든다. 그런 나에게 이름표 하나 붙여본다.

글쟁이라고.

아픈 손가락, 언니

나에게는 아픈 손가락인 언니가 하나 있습니다.

오랫동안 무심하게 바라보기만 했습니다.

따뜻한 말 한마디, 애정 어린 시선은 접어두었습니다.

원망과 안쓰러움, 미움이 더 커 부러 외면했습니다.

그래도 된다고 스스로를 설득했습니다.

이런 대접받아도 할 말 없을 거라 생각했습니다.

많은 시간이 흐르고 흘렀습니다.

세상살이 버거워 아픈 손가락을 돌아볼 여유도 없었습니다.

로그아웃하듯 스스로 밀어냈습니다.

어느 순간 마비되어 있던 손가락이 저릿저릿 아파왔습니다.

순간순간 통증을 일으켰습니다.

전기에라도 감전된 듯 화들짝 놀랐습니다.

상처 많은 손가락임을 몰랐습니다.

자신만 아는 이기적인 사람이라 생각했기에 무심히 지나쳐 버렸습
니다.

어느 날 그 상처가 깊어져 곪아 있는 걸 보았습니다.

아픔이 넘쳐 두 손으로도 받아내지 못했던 겁니다.

속절없이 흘러내려 혼자서는 감당해 내지 못했던 겁니다.

나는요.

그것도 모르고 주책맞게 담지 못하고 흘린다고 타박했었지요.

자신의 감정을 꼭꼭 눌러 담을수록 밑바닥부터 차고 올라오는 무
게를 어찌하지 못해 그랬을 뿐인걸요.

싸-한 바람이 내 가슴에 작은 생채기를 내고 휑하니 지나갑니다.

그 마음 헤아리니 스칠 때마다 느껴지는 아픔에 눈물이 납니다.

나의 이기적인 생각으로

언니를 자기 속으로 더 숨어들게 하고 상처받게 한 것 같아 한없이
미안해집니다.

혹여 길가에 치이는 돌멩이처럼 여겨질까 봐 바라만 봐도 안쓰러
워집니다.

내내 목에 걸린 가시처럼 뱉어내려고만 했습니다.

치부처럼 감추려고 했습니다.

은폐할수록 마음에 돌덩이가 켜켜이 쌓여 한 쪽 가슴을 짓눌렀습

니다.

한참을 지나서야 깨달았습니다.

그것은 숨겨야 할 일도 감추어야 할 치부도 아니었다는 것을요.

나보다 아픔이 조금 더 많을 뿐 나와 다르지 않다는 것을요.

나보다 더 사랑받고 이해받아야 할 여리디여린 존재였다는 것을요.

나보다도 더 순수하고 솔직한 사람이라는 것을요.

어쩌면요.

미움이 더 컸기에 사랑의 감정이 희석되어 알아채지 못한 건지도 모릅니다.

우린 피를 나눈 자매이고 부정할 수 없는 가족이라는 것을 잠시 접어두려 했습니다.

이제 언니를 마음으로 받아들이고 보듬으려 합니다.

드러냄으로써 언니와의 응어리진 감정의 연결고리들을 끊으려 합니다.

한동안 닫아 두고 열지 않았던 기도의 문을 활짝 열어

남은 삶의 끊이지 않는 기도 제목으로 삼으려 합니다.

진심을 다해 전하고 싶습니다.

언니… 사. 랑. 해.

나의 기도

고요한 이 시간, 가장 진실되고 겸허한 마음으로 기도 드립니다. 주님 품에 돌아오기까지가 너무나 힘든 과정이었습니다. 긴 방황의 시간들, 때로 애써 외면했던 시간들, 원망의 시간들, 관찰자로서의 시간들 속에서도 주님은 늘 한곳 한자리에 계셨습니다. 묵묵히 저의 투정과 불평불만, 음해까지도 너그러운 어머니의 마음으로 받아 주셨습니다.

그땐 느끼지 못했습니다. 나의 아픔, 어려움, 고통을 부러 모른 척하신다고 여겼습니다. 나의 처절한 울부짖음에도 방관만 하고 계신 나쁜 분이라고 생각했습니다. 성경말씀처럼 주님을 믿는다고 복을 주시지도 않았고, 극한 상황에서도 도움의 손길조차 내밀지 않는 이기적인 분이라 생각했습니다. 신화처럼 성경책 안에서만 존재하는 분이라고 생각해버렸습니다.

제가 지니고 있던 마지막 믿음까지도 바닥에 이르렀을 때 깨달았습니다. 감히 인간적인 마음으로 설명할 수 없는 깊은 뜻이 있었다는 걸요. 그걸 깨닫는 데 너무 많은 시간이 흘렀습니다. 어리석은 인간의 마음과 생각으로 감히 그 뜻을 헤아리기 어려웠기에 한낱 평범한 생각을 가진 제가 할 수 있는 건 멀리 도망치는 것뿐이었습니다. 주님은 제가 멀리 떠나있던 시간들과 고통의 순간에서조차도 늘 곁에서 지켜보고 계셨고 안타까운 마음으로 바라보셨습니다. 스스로 일어서서 세상을 향해 나아가길 그 누구보다 간절히 바라고 원하셨습니다. 모진 풍파와 세파, 어두움 가운데서도 능히 맞서 이길 수 있는 믿음과 마음을 스스로 단련하고 훈련하기를 결코 포기하지 않는 부모의 마음으로 지켜보고 계셨습니다. 주님의 간절한 마음 때문인지 어느 날 미풍에 흩날리는 꽃잎처럼 부드러운 음성과 함께 따스한 온기가 전해져 왔습니다. 그건 나만이 들을 수 있고 느낄 수 있는 것이었습니다.

"내가 항상 너와 함께 있다. 너를 지켜보고 있다."

이 말씀에 나도 모르게 눈물이 흘렀습니다. 그 말씀이 상처받은 나의 영혼을 위로해 주었고 어루만져 주었습니다. 폭풍전야 같던 나의 마음이 잠잠하게 되었습니다. 이제까지 나를 괴롭혔던 모든 감정들이 눈 녹듯 사라지고 형언할 수 없는 기쁨의 감정들이 솟구쳐 올라 어찌할 바를 몰랐습니다.

주님께 기도로 나의 마음을 전했습니다. 교만과 거짓된 나를 내어

놓고 그 어느 때보다 진실 된 마음으로 기도드렸습니다. 들춰내기 싫어 닫아 두었던 생각들과 진실들을 끄집어내기 시작하자 끝없이 나오는 나의 치부와 거짓됨에 스스로도 놀랐습니다. 어느 순간에 다다르자 일종의 카타르시스를 느꼈습니다. 이제야 온전히 나와 마주할 수 있게 되고, 나를 향해 웃을 수 있게 되었습니다. 살아온 그 어떤 날도 이보다 더 당당하고 기쁜 순간은 없었습니다. 세상에 아무나 가질 수 없는 든든한 지원군이 생긴 것 같아 두려울 것도 주눅 들 것도 없었습니다.

주님은 그런 분이십니다. 어쩌면 나보다도 더 도움의 손길을 주고 싶으셨을 텐데도 인내하셨습니다. 내가 더 강해지고 흔들리지 않는 믿음을 갖게 하기 위해 긴 시간을 계획하고, 가장 좋은 시나리오를 가지고 실행에 옮기셨고 기다리셨습니다. 99마리 양보다 돌아오지 않는 한 마리의 양을 기다리는 심정으로 애태우셨을 주님을 생각하면 마음이 먹먹해 옵니다.

이 시간 주님께 고백합니다. 삶이 다하는 날까지 주님과 동행하는 삶을 살겠습니다. 내가 속한 곳에서 선한 영향력을 줄 수 있는 사람이 되겠습니다. 기도의 어머니가 되겠습니다.

Part 02
김남희

작은영어도서관 관장/영어 강사

두 아이를 키우며 영어책을 읽어주는 작은 도서관을 운영하고 있는,

평범하지만 성장욕구가 강한 아줌마이다.

책 읽는 것을 좋아하고, 책을 통해 성장을 맛본 후,

그 기쁨을 다른 사람과 나누고 싶어 펜을 든 여자이다.

현재 독서모임과 강연을 통해 독서와 내면 성장의 중요성을 설파하고 있다.

네이버 블로그 "행복맘의 작은영어도서관" : http://blog.naver.com/dwbh215

IQ, EQ보다 DQ를 키워라

인생을 살아가는 데 정답은 없다지만, 나 자신과 아이들이 살아가는 데 있어 정말로 중요한 것은 과연 무엇일까? 아이들을 가르치는 일을 하고 있어서 그런지 모르겠지만, 내 머릿속에는 '교육'이라는 두 글자가 가장 먼저 떠오른다. 아이를 키우는 사람이라면 굳이 말로 표현하지는 않아도 '교육의 중요성'은 누구나 인정할 것이다. 한동안 '어떻게 교육하면 아이를 마음이 따뜻한 천재로 키울 것인가.'라는 질문은 나의 화두였다. IQ가 높으면서 EQ 또한 높은 아이, 정말 환상적이지 않은가?

꽤 늦은 나이에 아이를 낳은 나는 아이를 잘 키우고 싶은 마음에 주변에서 권하는 부모교육을 꼬박꼬박 들었고, 또 많은 육아서를 섭렵하며 나름 아이 교육에 대해 자신감을 가지고 있었다. 그러나 육아에 관해 실전과 이론은 늘 맞아 떨어지는 것이 아니어서, 마음 한켠에는 늘 불안감이 따라다녔다.

정말 내가 잘하고 있는 건지, 이것이 맞는 건지, 혹시 잘못된 교육을 하고 있는 건 아닌지. 솔직히 고백하자면, 아이가 신체 건강하고 머리도 똑똑하고 감성이 풍부한 아이, 즉 무엇 하나 부족함이 없는 아이로 자랐으면 좋겠다는 바람이 있었다. 그래서 늘 부족함이 없는 상태를 유지시켜 주기 위해 노심초사했던 날도 많았다.

우리 세대가 어렸을 때는 IQ, 즉 지능지수가 높고 공부 잘하는 아이들이 선망의 대상이었다. 세상 모든 것이 공부 잘하는 아이들 위주로 돌아가는 것 같았고, 어른들에게 늘 칭찬받고 주목 받는 그들이 부러운 나머지 IQ에 대한 묘한 동경심이 생겼었다. 그러다 사회생활을 막 접할 즈음, 약간 생소한 느낌의 EQ가 등장했는데, 'IQ보다는 EQ가 높아야 성공한다.'라는 말이 회자되면서 EQ열풍이 불어왔다.

EQ는 감성지수 또는 감정적 지능 지수, 마음의 지능 지수라고 할 수 있는데, 인간은 결국 '이성'보다는 '감성'을 통해 움직이는 존재라는 의미로 'EQ의 중요성'이 부각되었다. 존 가트맨, 최성애 박사님의 '내 아이를 위한 감정 코칭'이라는 책에도 감성과 감정이 얼마나 중요한지 잘 나타나 있다.

나 자신이 IQ와 EQ가 높은 사람이 아닌지라, 내 아이만은 IQ와 EQ가 높은 아이로 만들고 싶었다. IQ와 EQ가 높으면 '얼마나 세상 살기가 편하고 행복할까.'라는 생각도 했었다. 못난 생각인 줄 알지만 내 아이가 그런 아이가 되어 주변의 부러움을 한 몸에 받는 모습을 상상하곤 했었다. 그러면 괜히 마음이 흐뭇해지면서 며칠 동안 행복해했다. 하지만 그럼에도 불구하고, 앞에서도 밝힌 것처럼 이유를 알 수 없는 불안감, 초조함은 늘 나를 따라다녔다. 왜 그럴까? 곰곰이 생각하고 또 생각해보았다. 그러다가 문득 떠오르는 생각이 있었다.

꽤 오랫동안 아이를 가르쳐 왔던 나는 똑똑하고 감성이 풍부한 아이들을 참 많이 만났었다. 디지털의 영향으로 우리 어릴 때와 비교해보면 비교할 수도 없을 만큼 똑똑해진 아이들이었다. 거기에 고학력 엄마들의 영향으로 배 속에서부터 '태교'라는 이름으로 좋은 환경을 가졌었기에 감성까지 풍부했다. 훤칠한 외모까지 정말 부족함이 없는 아이들이었다. 단, 한 가지를 빼고는. 그것은 바로 '꿈'이었다.

많은 아이들이 하고 싶은 것도, 되고 싶은 것도 없고 학교나 학원을 다니기 싫어하는, 한마디로 귀차니즘에 빠져있는 경우가 많았다. 어떤 질문을 해도 "몰라요."로 대답하고, '자신의 의지'가 아니라 '부모님의 말'에 따라 억지로 움직이는 로봇 같았다. 조금 답답하면서 안타까운 느낌을 지울 수가 없었다. 하지만 L군처럼 조금 다른, 특별한 느낌을 주는 아이도 더러 있었다.

L군은 중 1때 알파벳만 겨우 뗀 상태에서 나에게 영어를 배우러 온 아이였다. 사회복지시설에서 생활하던 아이는 처음에는 크게 공부할 의욕을 보이지 않았다. 그도 그럴 것이, 시설 아이들 대부분은 대학 진학 대신에 취업 전선에 뛰어든다. 혹시 공부를 잘해서 장학금으로 대학을 간다 해도 고3 졸업과 동시에 시설에서 퇴소해야 하므로

돌보아줄 부모나 친척이 없는 아이들은 우선 먹고 살아야 하는 '현실'에 봉착하게 된다. 그렇기에 아이들은 대부분 공고나 상고를 선택하는 경우가 많고 중학교 때부터 이미 '대학 갈 것도 아닌데 공부 열심히 해도 소용없다.'라는 생각을 하게 된다.

L군도 예외는 아니다. 하지만 나는 열심히, 그리고 조금 혹독하게 공부시켰다. 때리는 것을 무척 싫어하는 나였지만, 숙제를 안 해오거나 게으름을 피우는 L군에게는 대나무 꼬챙이로 손바닥을 때리기도 했었다. 항상 꿈을 가지고 독서를 열심히 하라고 늘 얘기해 주었지만, 마음속으로는 '다른 아이들은 힘들 때 부모라는 기댈 언덕이 있지만 너희들은 오직 믿을 게 너 자신뿐이야. 너는 강해져야 한단다.'라고 외치고 있었다. 힘들었던 나의 유년시절을 되돌아보면서 시설 아이들에게 동병상련을 느꼈는지도 모르겠다.

다행히 L군은 내 걱정이 기우였음을 깨닫게 해주었다. 고등학교에 진학한 L군은 비록 인문계는 아니지만 학교 성적은 전교 1, 2등, 고1 때 학교에서 시작한 중국어도 스스로 공부해서 HSK(중국어 능력 시험) 3급을 따고, 각종 컴퓨터 자격증과 기타 많은 자격증도 땄다. 고3 때는 삼성 입사를 위해 SSAT(삼성직무적성검사) 시험까지 준비했다. 한국사는 너무 어렵다고 살짝 엄살 피우기도 했었지만 L군은 자신의 인생에 대한 확실한 계획과 목표가 있었기에, 열심히 실천해 나갔다. 비록 삼성에 입사하지는 못했지만 어린 나이에 스스로 인생을 준비해 나가는 L군의 모습은 내게 큰 감동을 주었다.

L군은 현재 20살의 대한민국 청년으로 H제약회사에 취업하여 어엿한 사회인으로 활동하고 있다. 영어도 다시 배우고 대학을 준비하겠다고 말하는 L군. 나는 그가 앞으로 더 크게 성장하며 나아가리라는 것을 믿어 의심치 않는다. 그러면서 질문해 보았다. 과연 우리의 L군을 성장시킨 힘은 무엇이었을까?

덩치만 클 뿐, 내면은 아직 어리고 약한 중·고등학생들을 자주 만나는 나로서는 궁금하지 않을 수 없었다. 심지어 성인인 대학생, 직장인들까지도 부모나 타인에게 의지하는 경우를 주변에서 심심찮게 보게 된다. 이런 현실에서 스스로의 힘으로 인생을 개척해 나가는 L군을 통해 나는 해법을 찾고 싶었다.

꿈. L군의 성장 동력을 나는 감히 '꿈'이라고 말하고 싶다. 더 정확하게 표현하면, L군은 꿈의 그릇이 보통 아이들보다 컸다고 생각한다. 꿈꾸는 다락방의 이지성 작가도 아이의 꿈그릇을 키워주는 부모가 최고의 부모라고 말한다. 먼 미래를 내다본다면 아이들이 배워야 할 것은 '공부 잘하는 법'이 아니라 '꿈꾸는 법'이며, '공부에 밝은 아이'가 아니라 '꿈에 밝은 아이'로 키우는 것이 중요하다고 강조한다. 15세 때 작성한 꿈의 목록 127개 중 111개의 꿈을 성취했고 그 후로 꿈의 목록을 500여 개까지 늘려 더 많은 꿈을 이루어낸 존 고다드의 멋진 인생만 보더라도 '꿈'이 얼마나 중요한지 느낄 수 있다.

많은 사람들은 말한다. 'IQ와 EQ가 높은 사람이 부유하고 성공적인 인생을 살 확률이 높다.'라고. 그것을 부정하지는 못할 것 같다. 하지만 나는 DQ도 높게 평가하고 싶다. 꿈의 지수 DQ가 높은 사람은 자신의 인생을 풍요롭게, 행복하게, 스스로 의미를 부여하며 가치 있는 인생을 살아갈 거라고 생각한다. 결국 인생은 생각하고, 원하고, 꿈꾸는 대로 이루어지는 것이다.

이 사실을 깨닫게 된 나는 더 이상 아이 양육과 교육에 대하여 쩔쩔매거나 노심초사하지 않게 되었다. 내 인생에 대한 걱정 또한 줄어들었다. '약간의 똑똑함'과 '좀 더 풍부한 감성'이라는 나무 몇 그루가 아니라, '꿈을 바탕으로 하는 인생'이라는 거대한 숲을 보는 능력이 생겼으니 말이다. 아이는 말할 것도 없고 성인인 나 자신도 DQ를 키우기 위해 최선을 다해보고 있다. 아름다운 삶, 멋진 삶을 위해.

꿈을 놓치지 마라.
꿈이 없는 새는 아무리 튼튼한 날개가 있어도 날지 못하지만
꿈이 있는 새는 깃털 하나만 갖고도 하늘을 날 수 있다.

– 강수진의 '나는 내일을 기다리지 않는다' 중에서

아버지, 나중에 다시 만나요

세상에 살아있는 모든 것은 언젠가 소멸된다. '사람도 언젠가 죽는다.'라는 사실을 이미 알고 있다고, 당연하다고 여겼는데 그것에 대해 진지하게 생각하거나 고민한 적은 별로 없었다. 하지만 10여 년 전, '아버지의 죽음'으로 인해 '죽음'이라는 이 단어는 내 인생 전체를 다시 되돌아보게 만들었고, 인생을 깊은 눈으로 바라보는 계기가 되었다.

내 아버지는 종합 선물 세트 같은 분이셨다. '절대 받고 싶지 않은 선물'로만 가득한 종합 선물 세트! 사람을 무척 좋아하고 심성은 너무 착하신 분이었지만, 평생 술과 도박 중독에서 벗어나지 못하셨다. 어린 시절, 늦은 밤에 술을 마시고 귀가하는 아버지의 발자국 소리만 들려와도 두려움에 가슴이 두방망이질 치곤 했었다. 오늘은 또 어떤 일이 벌어질지 모른다는 불안감에 우리 가족은 극도의 긴장 상태에서 밤을 지새우곤 했었다. 그렇게 가정을 돌보지 않는 아버지로 인해 생활은 정말 궁핍했다. 전문직 여성이 아니고는 일하는 엄마가 드물었던 80년대에 배운 게 없었던 어머니는 식당 일에, 남의 집 허드렛일에 손에 물 마를 날이 없을 정도로 고생이 이만저만이 아니었다.

요즘 경기가 좋지 않다 보니 주변 사람들로부터 "세상 걱정할 것 없었던 순수했던 어린 시절로 돌아가고 싶다."라는 소리를 종종 듣게 되는데. 나는 절대 반대다. 온갖 걱정을 모두 가지고 살았던, 그 어린 시절로 나는 돌아가고 싶지 않다. 그 많은 어려움을 모두 겪었는데 어찌 돌아갈 수 있단 말인가. 아버지에 대한 원망과 미움이 너무나 컸던 나는 성인이 된 후, 사람들, 특히 남자들에 대한 불신으로 마음의 문을 철저히 닫았고, 세상과도 담을 쌓았다. 소심하고 부끄럼이 많은 기질에다 자신감이나 자존감이라곤 눈곱만큼도 찾아 볼 수 없었던 나는 20대 그 찬란한 내 인생의 황금기를 외롭고 의미 없게 흘려보냈다.

스스로가 인생을 갉아먹는 좀벌레 같은 인간이라는 생각으로 괴로워했던 때, '정말 이대로라면 죽을 것 같다.'라는 마음으로 가득 차 있을 때, 운명처럼 책이 나에게 다가와 주었다. 책은 상처받은 내 마음을 따뜻하게 감싸주며, 인생을 잘 살아나가게끔 격려와 지지를 아끼지 않았다. 그런 책이 너무 좋았고 감사했다. 그리고 독서 덕분에, 자연스럽게 나의 좁고 편협했던 생각이 넓어지면서 주위 사람들과 세상이 다르게 보이기 시작했다.

하지만 그 과정에서 어이없는 경우가 생기기도 했었는데, 바로 '아버지'에 대한 부분이었다. 책은 말했다. 내 몸과 마음에 깊은 상처를 남긴 아버지를 이해하라고, 더 나아가 사랑하라고 속삭였던 것이다. 정말 이해가 되지 않았다. 아니, 이해하고 싶지 않았다.

그러던 어느 날, 아버지를 이해하게 된 결정적인 책을 만났다. 바로 틱낙한 스님의『마음에는 평화, 얼굴에는 미소』라는 책으로, 그 책을 읽으면서 명상을 통해 '성인으로서의 아버지'가 아니라, '5살 때의 아버지', '10살 때의 아버지'를 만나게 되었다. 우리 가족에게 상처만 주었던 괴물 같은 다 큰 어른으로서의 아버지가 아니라, 조그맣고 귀여운 어린 시절의 아버지를 만나게 되었다.

'아. 우리 아버지도 저렇게 귀엽고 천진난만한 미소를 지을 수도 있구나!'

5살의 아버지와 놀아주고, 풀을 베러 뒷산으로 향하는 10살의 아버지를 따라 뒷산에도 올라가보기도 하고, 보릿고개 시절 너무나 배가 고파 나무뿌리를 캐내어 그걸 씹고 있는 아버지의 모습을 잠자코 바라보기도 하였다. 아주 어렸을 때 부모님을 여의고, 16살에 시집 온 큰형수 손에서 자란 아버지. 이듬해부터 조카들이 줄줄이 태어나면서 과연 아버지는 제대로 '돌봄'이라는 걸 받았을까. 부모님의 사랑은 포기한다고 치더라도. 순간 마음이 아파왔다. 사랑을 받아본 사람이 사랑을 줄 줄 안다고 했다. 만약 아버지도 어릴 때 부모의 사랑을 충분히 받고 적절한 교육의 기회가 주어졌더라면 분명 다르게 살았을 텐데.

그때부터 아버지를 '나에게 상처 준 아버지'가 아니라, '어린 시절부터 사랑받지 못하고 자란 사람'으로 대하려고 노력했다. 예전이라면 아버지가 어떤 얘기를 하면 '어휴~ 왜 저럴까?' 하며 짜증을 내고 시큰둥했겠지만, 책으로 인해 변화된 나는 아버지 얘기도 정성껏 들어드리고 맞장구 쳐주면서 있는 그대로의 아버지를 받아들이려고 노력해보았다. 그러던 어느 날, 아버지께서 지나가듯 이렇게 말씀하셨다.

"이 세상에서 나를 알아주는 사람은 너밖에 없다!"

순간, 마음이 먹먹해졌다.

'아, 아버지도 외로우셨구나. 있는 그대로의 자신을 받아주고 이해해 주는 사람이 세상에 단 한 명도 없다고 생각하셨던 거구나.'

독서를 통한 내면의 성장 속에서 나는 예전의 시선이 아닌, '사람 대 사람'의 시선으로 아버지를 바라보게 되었고, 아버지를 상처 많은 외로운 영혼을 가진 한 사람으로 바라볼 수 있게 된 것이다. 이 일을 계기로 우리 부녀 사이의 관계는 획기적으로 달라졌다. 다른 가족에게는 여전히 술을 마시고 주사를 부리는 고집불통의 영감이었지만,

나에게는 다정한 아버지가 되어 따뜻한 말을 건네주곤 하셨다. 그렇게 우리가 새롭게 부녀의 정을 막 쌓아가던 무렵, 어머니로부터 한 통의 전화를 받았다.

"야야…… 느거 아부지가 식도암이란다. 의사가 앞으로 느거 아부지 살 날이 1년밖에 안 남았다고 한다."

전화기를 통해 그 말을 듣는 순간, 머릿속이 하얘지면서 나는 주저앉았다. 나의 마음은 와르르 무너져 버렸고, 하늘이 원망스러웠고 아무것도 할 수 없는 무력한 나 자신이 참으로 원망스러웠다.

아버지가 사셨던 경기도 시골에는 암 치료를 할 만한 큰 병원이 없어 1시간 30분 거리에 있는 의정부 성모병원에 입원하셨다. 대구에서 의정부까지 왕복 10시간이 걸렸지만, 주말마다 아버지를 찾아가 어깨와 다리를 마사지해 드리며 하루 종일 말동무가 되어 드렸다. 내가 할 수 있는 일은 그것밖에 없었다. 하지만 자꾸만 말라가는 아버지의 모습에 가슴이 찢어지는 것 같았다. '저기서 더 마를 수 있을까.'라고 생각했었는데, 예상과는 달리 아버지는 계속 더 말라가셨다. 나중에는 내 엄지와 중지 사이로 아버지의 팔뚝이 잡힐 정도로 야위어 가셨다.

대부분의 암 환자는 암 자체보다 음식을 섭취하지 못해서 죽음을 맞이한다고 한다. 즉 아사(餓死)하는 것이다. 아버지도 그러했다. 특히 아버지는 식도암이라 음식을 거의 삼키지 못하셨다. 하물며 물조차도.(어떤 때는 밥을 먹는 순간순간이 죄송스러울 때가 많았다.)

결국 아버지는 병원에 입원하신 후 100일을 넘기지 못하고 하늘나라로 떠나셨다. 병원에서는 1년 정도를 예상했지만, 그 예상이 빗나갔다. 우리 가족은 물론 병원 측에서도 갑작스러운 아버지의 죽음에 당황스러움을 감추지 못했다. 어머니를 비롯한 여러 어른들께서 "주말마다 이 먼 곳까지 왔다 갔다 하는 딸내미 고생 그만하라고 일찍 가신거니 너무 상심 마라."라고 위로해 주었지만, 당시에는 그 말이 너무 싫었다. 마치 나 때문에 아버지가 일찍 떠나신 것 같은 묘한 죄책감이 오히려 나를 더 힘들게 했다.

생각보다 눈물은 많이 나지는 않았다. 그저 머리가 멍하고 허공을 그냥 붕붕 걸어 다니는 기분이라고나 할까. 멀리 떨어져 있어 임종을 지켜 드리지 못했다는 죄책감과, 이제는 진짜 다시는 볼 수 없다는 생각에 마음이 온통 어지러웠다. 염을 하는 모습을 찬찬히 지켜보면서 뭐라 표현할 수 없을 만큼 마음이 착잡해졌다. 이제 마지막이니, 가족 분들 아버님 얼굴 한 번씩 만져 보라는 말에 정신이 퍼뜩 들었고, 떨리는 손으로 아버지의 얼굴을 쓰다듬어 보았다. 차갑게 식은 얼굴을 쓰다듬으며 아버지에게 마지막 작별인사를 건넸다.

'아버지, 안녕히 가세요. 죄송했어요.
그리고 감사해요. 나중에 다시 만나요.'

그러고 나서 나는 갑자기 땅바닥에 주저앉아 대성통곡을 하기 시작했다. 인생을 통틀어 그렇게 소리 높여 울어본 적이 없었다. 내 가슴속 모든 회한과 아픔, 원망, 미움까지 모든 감정의 찌꺼기를 그때 다 쏟아내었던 것 같다.

살아생전에 아버지는 늘 '화장은 절대 하지 마라.'고 말씀하셨다고 한다. 보통 암으로 돌아가시는 분들은 화장을 하는데, 아버지는 자신의 몸이 불에 타는 걸 원치 않으셨던 모양이다. 아버지의 염원대로 고향인 군위에 아버지를 묻고 돌아오던 날, 참 많은 생각을 했었다. '사람은 결국 죽는다.'는 사실을 머리로는 이해하고 있었지만 '정말로 사람은 죽는 거 맞구나.' 하는 생각이 내 가슴 저 밑바닥에서 소용돌이치며 차올랐다. 아버지가 돌아가신 후 힘들거나 괴로운 일이 생길 때마다 나는 곰곰이 생각한다.

'내가 만약 며칠 후 죽는다면 지금 이 일이 힘들고 괴로운 일인가?'

결론은 대부분 아니었다. 내가 '문제'라고 생각했던 거의 모든 것들이 '죽음' 앞에서는 '문제'가 될 수 없는 사소한 것들이었다. 아버지의 죽음은 내가 살아가는 데 있어 어려움이 있을 때마다 용기와 지혜를 가지게 해 주는 계기가 되었고, '살아있다.'는 그 자체가 축복임을 상기시켜 주고 있다. 아버지가 내게 주신 작은 선물이라는 생각까지 들기도 한다. 내가 사람을 변화시키는 교육에 집중하며 아무리 힘들어도 손을 놓지 못하는 것과 사람을 성장시키는 일에 관심을 가지게 된 모든 것들이, 어쩌면 한평생 사랑과 교육을 받지 못한 아버지에 대한 연민과 안타까움 때문인지도 모르겠다. 나에게 상처 주었던 아버지를 이해하고, 있는 그대로의 모습을 받아들였던 경험은 다른 사람들과의 관계에 많은 영향을 주었다. '역지사지'의 습관과 포용력 또한, 아버지로 인해 길러졌진 것 같다.

과거의 사실은 변할 수 없다. 하지만 '과거의 사실'에 대해 어떤 의미를 두고, 해석하는지는 자신이 정할 수 있다. 과거의 실패에서 무엇인가를 배운다면 그것은 실패가 아니라 성공을 향한 과정이라고 했다. 과거의 사실에 의미를 부여한다면, 아프고 비참했던 내 과거는 지금의 내가 있기까지의 아름다운 과정이 아니었을까 생각한다. 원래 인생이란 다른 사람이 아니라 '나 자신'이 하는 의미 부여의 과정이 아니겠는가?

지금은 하늘나라에 계신 아버지에게, 한때 내 인생에 나의 아버지로 계셔주셨음에 감사하는 마음뿐이다. 나도 언젠가 이 지구별에서의 여행을 끝내고 저 어느 세상에서 아버지를 만나게 될 것이다. 그때 반갑게 인사하며 아버지에게 어리광을 피우며 이야기 나누고 싶다. 환한 미소를 지으며 이생에서 못다 한 부녀의 정을 제대로 나눠보고 싶다.

아버지, 그때 다시 만나요. 당신이 그립습니다.

樹欲靜而風不止 수욕정이풍부지

子欲養而親不待 자욕양이친부대

往而不可追者年也 왕이불가추자년야

去而不見者親也 거이불견자친야

나무는 고요히 머물고자 하나 바람이 그치지 않고

자식은 봉양하고자 하나 부모님이 기다려 주지 않네.

한번 흘러가면 쫓아갈 수 없는 것이 세월이요.

가시면 다시 볼 수 없는 것은 부모님이시네.

– 한시외전(韓詩外傳)

독서와 사람과의 관계 속에서 성장하라

　내 인생에서 가장 큰 영향을 준 두 가지를 꼽으라면 나는 주저 없이 '아버지'와 '독서'라고 말할 것이다. 앞에서 밝혔지만 아버지는 나에게 아픔과 깨달음을 동시에 준 존재였고, 나의 교육에 대한 관심과 열정의 동기는 아버지에서 시작되었다고 할 수 있다. 학원강사를 거쳐 현재 작은영어도서관을 운영하며 사람들의 변화와 성장, 교육에 힘쓰는 이유에는 아버지에 대한 안타까움이 자리 잡고 있다. 하지만 내 인생에 있어 가장 큰 변화를 가져다 준 기폭제는 바로 '독서'였다.

　10대의 나는 가난과 가정불화에 시달리며 늘 불안하게 살았고, 초라한 외모에 공부도 못하는, 거기에다 친구들에게 왕따를 당하는 외로운 아이였다. 못난이에다 어리벙벙한 나를 친구들은 자기들의 무리에 끼워주지 않았다. 나중에 안 사실이지만, 그 당시에 나는 심한 난독증을 앓고 있었다. 글자는 읽을 수 있었지만 무슨 뜻인지 이해하지 못했고, 말귀를 못 알아들어(이것도 난독증의 한 증상) 늘 딴소리를 하는 나를 선생님들과 친구들은 이상하게 생각했다.

20대의 나는 상처받은 영혼을 부여안고 세상과 담을 쌓으며 스스로의 테두리 안에 갇혀 살았다. 늘 외롭다고 생각했고 무슨 일 하나 잘 풀리는 게 없는 찌질한 인생이라 생각했다. 하지만 나도 누군가에게 관심 받고 싶었고, 인정받고 싶은 마음은 있었다. 그래서일까? 나는 상대방이 어떤 부탁을 하거나 내 시간이 필요하다고 하면, 절대로 거절하지 못했다. 'No'라고 말하면 상대방이 나를 싫어하고 내게서 멀어질까 봐 두려워 늘 상대방에게 모든 것을 맞추면서 눈치를 보았다. 이런 내가 답답하고 싫었지만, 당시에는 어떻게 하면 인간관계를 잘하는 것인지도 몰랐고, 그저 내가 양보하면서 상대방에게 맞추며 사는 게 '최고'라고 생각했었다. 물론, 이런 나의 생각이 잘못되었다는 것은 곧 증명되었다.

시간이 흐를수록 극단적인 자기혐오와 우울증으로 정말 최악의 상황까지도 생각하게 된 것이다. 아무것도 보이지 않는 캄캄한 터널을 끝도 없이 걷고 또 걷는 기분이었다. 끝내고 싶었다. 조용하게 고통 없이 끝내고 싶은 마음에 약국을 돌며 수면제를 하나씩, 하나씩 사 모으기 시작했다. 평소 뉴스나 신문에 자살을 한 사람 이야기가 나오면 '죽을 힘이 있으면 그 힘으로 살아야지 죽기는 왜 죽어?'라고 생각하며 살았던 나였지만 감정이 바닥까지 내려갔던 나는 그들을 이해할 수 있었다. 오죽하면 저랬을까.

바로 그때 그 캄캄한 터널 속에서 어디선가 스며든 한 줄기의 빛처럼 나에게 손을 내밀어 준 친구가 있었다. 바로 '책'이었다. 운명처럼 '책'에게 마음이 끌리면서 서서히 '독서의 세계'에 빠져들기 시작했다. 책은 어느 누구 하나 보여주고 가르쳐 준 적이 없는 세상으로 나를 안내했다. 내게 '힘을 내.', '너는 너 자체만으로 소중하고 특별해.'라고 말해주면서.

'에이, 거짓말……'

속으로는 이거 다 거짓말이라 생각하면서도 기분이 나쁘진 않았다. 그러면서 읽는 책이 한 권, 한 권 늘어날 때마다 '어쩌면 책이 내게 하는 말이 맞는지도 몰라.'라는 마음이 생기기 시작했다. 그렇게 책과 사랑에 빠진 나는 밤낮으로, 시간이 날 때마다 책을 읽기 시작했다. 얼마쯤 읽었을까, 어느 날 앞을 못 보던 심 봉사가 눈을 번쩍 뜨면서 사랑하는 딸 심청이를 처음 보았을 때처럼, 새로운 세상이 보이기 시작했다. 눈이 떠진 것이다. 장님이 되어 보지 못하던 세계를 다시 보게 된 느낌은 정말 한마디 말로 표현할 수 없었다.

독서를 통해서 인생을 바꾼 이는 무수히 많다. 빌 게이츠, 스티브 잡스, 오프라 윈프리, 워렌 버핏, 알리바바 마윈 회장, 소프트뱅크 손정의 회장 등 엄청난 성공을 이루어낸 이들도 적지 않다. 아마 역사적 인물들의 이름을 꼽으라면 한 권의 책으로도 모자랄 만큼 많을 것이다. 특히 빌 게이츠와 함께 '부자 독서광'이라 불리는 워렌 버핏은 일과시간의 80%가량을 독서에 쏟아부을 만큼 독서에 가치를 두고 있다. 강건 작가는 『위대한 독서의 힘』이라는 책에서 독서를 통한 자신의 변화를 자세히 기록해놓았다.

100권을 읽으면서 자신의 생각이 틀릴 수도 있겠다는 생각이 들었고 고정관념이 깨졌다.

200권을 읽었을 때 성공한 사람들의 좋은 방법을 계속해서 배우고 따라하면서 자신감을 갖게 되었고, 주변 사람의 마음이 보이기 시작하면서 세상이 아름답게 보였다.

300권을 읽으니 사랑이라는 단어가 보이기 시작했고 사랑에 눈을 뜨게 되니 세상이 달라 보였다.

500권을 읽고 진정한 행복을 알게 되었고 인생의 진정한 의미를 깨닫기 시작했다. 행복한 삶을 살아가기 위해 노력하게 되었고 항상 기쁘고 즐거운 생활을 했다.

700권을 읽고 나서는 어떤 사람을 만나도 지혜를 나누어 줄 수 있는 리더가 되었다.

900권을 읽고 바람처럼 자유로운 사람이 되었다. 내가 할 수 있는 것은 최선을 다하고 내가 할 수 없는 것은 미련을 갖지 않는 사람이 된 것이다.

1000권을 읽고 글을 쓰는 집필 능력을 갖게 되었다.

강건 작가는 자신의 책에서 '독서'는 '내 생각의 한계를 깨는 것'이며 어떤 사람이라도 변화시킬 수 있는 힘을 가지고 있다고 강조한다. 사람마다 책을 읽고 난 후의 변화가 모두 다르겠지만, 나의 경우를 되돌아보니 변화의 흐름이 강건 작가와 유사한 점이 많았다. 나 역시 자기 생각의 한계에 갇혀 살고 있었고, 나름 열심히 살고 있었지만 그 생각의 한계 안에서 다람쥐 쳇바퀴를 돌고 있었던 것이다. 하지만 독서로 생각을 바꿀 수 있었고, 내 운명 또한 독서를 시작하면서 바뀌기 시작했다.

운명은 자기 스스로 개척한다는 말을 비로소 믿기 시작했다. 예전에는 '운명'이란 정해져 있기 때문에 우리 아버지의 딸로 태어난 나는 나쁜 운명을 타고났으며 절대로 운명의 굴레에서 벗어날 수 없다고 철석같이 믿었다. 성공한 사람들이 '나도 해냈기 때문에 당신도 할 수 있다.'라고 하는 말들이 공허하게 들렸고, 모두 '듣기 좋은 말만 한다.'고 생각했던 나였다.

그런 내가 독서를 하고 나서 그 말들을 믿기 시작했다. 생각이 바뀌기 시작하자, 주변을 '나보다 더 나은 사람'들로 채워나갔다. 독서를 하기 전에는, 예전의 나처럼 약간 소극적이며 여가시간의 대부분을 소소한 잡담이나 쇼핑, TV 시청, 가벼운 술자리로 보내는 사람들과 많은 시간을 보냈었다. 공통화제가 있다 보니 왠지 그들과 대화가 잘 되는 것 같았고 묘한 동질감도 느껴졌다. 그래서 '유유상종'이라는 말이 있는 것 같다. 공통점이 있는 사람들끼리는 서로 끌리는 것을 보면.

그러나 독서로 생각과 의식이 확장되자, 익숙하던 그 일들이 더 이상 내 인생에 큰 의미가 없다는 사실을 깨닫게 되었다. 나아가 시시하다는 느낌도 들었다. 그러면서 그동안 이질감으로 가깝게 다가서지 못했던, 소위 성공한 사람들, 잘나가는 사람들에게 용기 내어 조금씩 다가가 보았다. 그 대표적인 사람이 학원강사 시절 모시고 있던 원장님이었다. 원장님은 아름다운 외모에 부유한 사업가 아버지와 의사 남편을 둔 한마디로 상류층에 있는 사람으로, 나로서는 결코 편하게 다가갈 수 없는 사람이었다.

열린 마음을 가진 원장님은 강사들에게 필요한 것이 있으면 도움을 요청하라고 늘 친절하게 말씀하셨지만, 나는 소극적으로 늘 입을 다물고 지냈다. 예전의 나라면 겉으로 보이는 모습만 보고 꼬인 생각에, 부자 아버지의 배경으로 저리 잘나가는 것이라며 지나쳤겠지만, 독서로 인해 생각의 변화를 겪은 나는 용기 내어 이것저것 원장님에게 여쭈어보았다. 화려한 배경으로 별 어려움 없이 하는 일마다 승승장구했으리라는 생각과는 달리, 많은 어려움과 노력으로 지금의 자리에 오게 되었다는 원장님의 이야기를 들으면서 참 많은 생각을 했었다. 그동안 정말 내가 편협하고 좁은 생각으로 세상을 살아왔다는 사실을 다시 한 번 느꼈었다. '단순히 보이는 부분이 전부가 아니다.'라는 통상적인 말이 머리가 아니라 가슴에 박히는 순간이었다.

'나무는 큰 나무 아래서 크게 자랄 수 없지만, 사람은 큰 사람 아래서 크게 자랄 수 있다.'는 말이 있다. 그만큼 사람은 주변의 다른 사람의 영향을 많이 받으면서 살아가고 성장한다. 인간은 모방을 통해 학습하고 그 학습한 것을 통해 생존을 이어간다. 그러므로 주변 사람들에게 영향을 받을 수밖에 없다. 수많은 책은 입을 모아 말하고 있다. "주변에 자신보다 더 나은 사람이 많으면 발전할 수 있고, 더 못한 사람에게 둘러싸여 있으면 정체된다."라고.

　만약 지금까지의 삶이 무엇인가 부족하다고 느껴지고 행복하지 못했다면, 무엇보다 '독서'로 자신의 내면을 성장시키고, 생각과 의식을 확장시키는 노력을 해보았으면 좋겠다. 자신의 일상적인 틀을 깨고 새로운 사람들을 만나면서 성장하고 세상을 바라보았으면 좋겠다. 정말 세상은 넓고 나를 성장시켜 줄 훌륭한 사람들은 주변에 많이 있다. 다만 자신이 못 보고 있을 뿐이다.

　보기 위해 노력하면 볼 수 있다. 만나기 위해 노력하면 만날 수 있다. 부정적인 분위기로 에너지를 빼앗는 사람들이 아니라, 의식의 확장을 추구하는 사람들, 긍정적이고 열정적이며 감사와 나눔의 에너지를 뿜어내는 사람들, 그들을 만나야 한다. 주변을 그런 사람들로 채운다면, 어느새 자신도 모르는 사이에 동화되어 아름다운 사람으로 변해 있을 거라고, 나는 확신한다.

책들

이 세상의 모든 책들이
그대에게 행복을 가져다주지는 않는다.
하지만 남몰래 가만히 알려주지.
그대 자신 속으로 돌아가는 길을.

그대에게 필요한 것은 모두 거기에 있지.
해와 달과 별
그대가 찾던 빛은
그대 자신 속에 깃들어 있으니.

그대가 오랫동안 책 속에 파묻혀
구하던 지혜
펼치는 곳마다 환히 빛나니
이제는 그대의 것이리.

- 헤르만 헤세

Part 03
김인설

꿈은 **나**를 뿐,
결코 틀리지 않다.

ⓒ MAYA

중국어 강사/휴먼리더십 강사
20여 년 동안 중국에서 살다가 한국으로 넘어와 한 아이의 엄마로 10여 년간 살았다.
많은 고비가 있었지만, 잘 극복하고 지금까지 왔다.
아직 이루고자 하는 꿈이 많다. 그 꿈을 이루기 위해 오늘도 열심히 살아간다.

나도 행복하게 살고 싶다

　나는 3남매 중 막내로 태어났다. 정확히 기억이 나지 않지만 할아버지는 내가 딸이란 이유로 할아버지 방에 들어가지도 못하게 했다. 그래서 할아버지의 사랑을 듬뿍 받는 두 오빠와는 달리 나는 늘 서러웠다. 이런 내게 아빠는 온 사랑을 주셨다. 저녁이면 아빠 옆에 자려고 떼를 쓰며 울어서 아빠의 옆자리는 언제나 내 차지였다. 이런 아빠는 내가 7살 되던 해 교통사고로 돌아가셨으니, 아빠에게 받은 사랑은 7년 남짓이 전부였다. 아빠가 돌아가신 후, 가정의 모든 책임은 엄마에게 주어졌다. 여자 혼자 아이 셋을 키우는 그 서러움, 힘듦을 겪어보지 않은 사람이 어떻게 그 마음을 다 알 수 있을까. 그 모습이 안타까웠던 걸까. 우리 3형제는 다른 아이들보다 좀 일찍 철이 들었고, 더 빨리 사회생활을 시작하게 되었다.

　17살이 되던 해, 나는 지인의 소개로 중국에 있는 한국기업에 취직했다. 의류 업체였는데 한국에서 컨테이너가 오면 정리해서 중국에 있는 매장으로 물건들을 발송하는 일이었다. 몸은 고되었지만 돈을 벌 수 있다는 사실이 그저 좋았다. 하지만 남들보다 빠른 사회생활을 하면서 내 안에는 '자격지심'이 생겨나기 시작했다. 공부를 많이 못 해서일까. 다른 이들은 쉽게 잡을 수 있는 기회가 내게는 좀처럼 오지 않았다. 모든 기회가 나만 피해가는 것 같았다. '공부를 많이 못 했다.'라는 자격지심은 그 이후에도 20년 가까이, 다양한 형태로 나를 괴롭혀왔다. 그러다 현재의 남편을 만나 2003년도에 한국으로 시집을 왔다.

한국에서의 생활도 생각처럼 쉽지 않았다. 남편과 서로에 대해 충분한 믿음이 없었기 때문에 약간의 오해도 쉽게 큰 싸움으로 번졌고, 다툼은 더 큰 오해를 불러일으키기도 했었다. 하지만 남편과의 싸움은 상처가 되지 않았다. 서로 잘 몰랐기에 알아가며 맞춰가는 과정이라 생각했다. 오히려 상처는 외부에서 왔다. 남편이 아닌 다른 사람들의 말과 행동에서.

"중국은 아직 후진국이어서 이런 거 없지?"
"중국은 사람들이 잘 씻지 않는다면서?"
"중국은 사람들이 좀 예의가 없지."
"중국은 우리 한국 70년대 같아!"
"중국은 물이 너무 더럽더라!"

마치 모든 말들이 내가 중국에서 왔다고 무시하는 것만 같았다. 물론 모두 틀린 말은 아니다. 하지만 서로에 대한 '약간의 배려가 부족하다.'는 느낌은 떨칠 수가 없었다. 그래서일까. 말투에서 다른 사람들이 내가 한국 사람이 아니란 것을 알게 되면 무시할까 봐, 궁금한 것이 있어도 참았고 무슨 말인지 알아듣지 못하면서도 이해하는 '척' 했다.

이런 나는 서서히 지쳐갔고 사람들이 무서워지기 시작했다. 그때쯤이었던 것 같다. 평소 알고 지내던 사람들과의 술자리였는데, "모든 사람들은 다 변하지 않았는데, 너만 옛날처럼 순수하지 않아. 너만 변했어."라는 말을 들었다. 울컥하는 마음에 속상했던 그날부터, 나는 밖에 나가는 것이 더욱 두려워졌다. 아니 더 정확하게 표현하면, 사람이 무서워졌다.

사람이 극도로 불안하거나 힘들면 당시의 상황들을 잘 기억하지 못한다고 들었다. 나를 가장 힘들게 했던 그 몇 년의 생활은 어렴풋이 기억날 뿐, 어디에서 어떤 일이 있었는지 정확하게 생각나지는 않는다. 다만 내 인생은 '행복'이라는 단어와 연결되지 않을 거라던 느낌, 죽을 용기도 없으면서 '이 인생 이대로 끝내고 싶다.'라는 무서운 생각으로 지냈던 기억뿐이다. 그러나 세상은 따뜻했다. 나를 힘들게 했던 것이 '사람'이라면, 의미 없이 살아가던 내게 어떻게 살아가야 하는지에 대해 일깨워준 것도 '사람'이었다. 언제부터였는지, 무엇 때문이었는지 정확하게는 알 수 없지만, '사람'에 대한 믿음이 생겨나기 시작한 것이다.

그 시작은 바로 윤슬 작가님을 만나면서부터이다. 이 분을 만난 건 내 인생 최고의 행운이다. 자신을 믿으며 앞으로 열심히 전진하지 못하는 나를, 작가님은 어떤 상황에서도 내 편이 되어 믿어주었다. '나'보다 더 '나'를 믿어주면서, 내게 용기를 주었다.

"인설 씨는 할 수 있어요!"

"인설 씨는 멋지게 해낼 거예요!"

그래서일까. 서서히 내 안에서 변화가 생기기 시작했다.

'정말 잘할 수 있지도 않을까?'

'나 생각보다 괜찮은 사람일지도 몰라.'

그 마음에 힘입어 중국에서 못다 한 공부를 다시 시작했다. 완전히 처음부터 시작해서 검정고시를 통해 초·중·고등학교를 졸업하고, 현재는 한국방송통신대학교 4학년에 재학 중인 지금의 나를 보면, 예전에 그렇게 우울했고 무기력한 시절이 있었나 싶다.

작은 성공, 작은 성과를 통해 조금씩 생겨난 자신감으로 사람들에게도 다가갔다. 작은 도전으로 인해 '생각'이 조금씩 바뀌기 시작하자, 사람을 바라보는 '시선'이 바뀌었다. 시선이 바뀌자 '관계'가 바뀌었고, 관계가 바뀌자 주위에 좋은 사람들이 가득해졌다. 내게 힘과 용기를 주는 그들, 그래서 더욱 열심히 살아야겠다는 다짐을 해본다.

내게는 상식이지만, 다른 사람에게는 상식이 아닐 수도 있다는, 새로운 상식을 가지는 '열린 마음'이 우리 모두를 발전시키는 태도일 것입니다. 그 어떤 경우에도 책임의 절반은 자기 자신에게 있다고 생각하고, 고칠 점이 없는가를 먼저 고민하고 고치려고 노력한다면 그 사람은 발전할 수 있고 다시는 같은 실수를 반복하지 않을 수 있을 것입니다. 이것이 제가 생각하는 '절반의 책임을 믿는 사람', '긍정의 힘을 가진 사람'입니다.

희망적인 것은, 긍정적인 사람은 타고나는 것이 아니라 스스로 마음먹기에 달렸다는 것입니다. '한계를 넓혀 나가려는 삶의 태도'입니다. 지금 하고 있는 일이 장래에 얼마나 잘 쓰일 수 있을 것인가 하는 것보다 더 중요한 것은, 지금 주어진 일에 얼마나 최선을 다하고 얼마나 열심히 살아가느냐 하는 생활태도라고 생각합니다.

어떤 분들은 제가 의과대학을 나오지 않고 공대 또는 여러분들처럼 경영대를 나왔다면 더 빨리, 더 큰 성공을 했을 거라고 덕담을 해 주시곤 합니다. 그러나 제 스스로는 의과대학을 나왔기 때문에 여기만큼이라도 올 수 있었다고 생각합니다. 삶을 살아가면서 중요한 것은 '무엇을 했느냐.'가 아니라 '어떻게 살았느냐.'인 것 같습니다. 지금의 모습과는 아무런 상관없는 일을 했더라도, 얼마나 치열하게 열심히 살았느냐가 더 중요한 것 같습니다.

— 『생애 최고의 날은 아직 살지 않은 날들』 안철수 편에서

이처럼 절반의 책임을 믿고 긍정적인 힘을 가진 사람으로 행복한 삶을 살고 싶다. 예전에는 '행복'이란 단어는 먼 나라 이야기라고 생

각했는데, 이제는 '행복하게 살고 싶다.'라는 욕구가 생겼다. 그리고 새로운 사실도 깨달았다. 행복은 타인에게 기대어 기다리는 것이 아니라, 스스로가 행복을 찾기 위해 노력해야 한다는 사실을. 더 이상 누구에게도 주눅 들지 말고, 누구를 위한 삶이 아닌 특별한 '나'라는 사람의 삶을 멋있게 살아갈 것이다.

왜냐하면, 나도 '행복할 권리'가 있으니까.

우리는 다를 뿐 결코 틀리지 않다

나는 작은 세계에서 살아왔다. 나, 가족 그리고 두세 명의 아는 언니가 전부였다. 그러다가 2013년 다문화공연단에서 일을 시작하면서 새로운 사람과 문화를 접하게 되었다. 다문화공연단은 여러 나라 전통춤과 노래를 연습하고 공연을 다니는 곳으로 대부분이 결혼이민자들이다. 공연단에서 1년 동안 생활하면서 많이 웃었다. 그리고 많이 배웠다. 대부분이 외국인이다 보니, 한국어가 서툰 건 당연한 일이었다. 하지만 그들의 문제는 서툰 '한국어'가 아니었다.

한국에서의 생활에 적응하지 못해 마음의 문을 닫은 모습, 스스로 한국 사람들보다는 부족하다는 생각을 가지고 있는 모습, 분명 할 수 있는 것인데도 불구하고, '할 수 없다.'라고 말하는 모습까지 그들의 위축된 모습에 마음이 아팠다. '잘할 수 있다.'라며 틀을 깰 수 있도록 도와주고 싶었지만, 무엇을 어떻게 해야 할지 나부터도 막막했다. 고부관계든, 부부관계든 문화의 차이로 인한 어려움은 한두 가지가 아니었다. 같은 한국에서 살다가 결혼해도, 다르게 자라온 문화나 환경 때문에 힘들어하고 다툼이 생기기 마련인데, 국가와 국가가 만났으니, 오죽하겠는가. 하지만 그럼에도 불구하고, '무조건'이다. '무조건 적응하라.'고 강요받는다. '다르다'에 대한 이해가 아니라, '틀렸다'라는 시선으로 '한국문화 적응'을 요구받는다. 거기에 말도 통하지 않으니, 설명이 제대로 전달되지 않아, 큰 다툼으로 번지는 일도 부지기수였다.

답답할 수도 있다. 말도 통하지 않고, 문화가 다르다고 어려움을 호소할 수도 있다. 하지만 다르기 때문에, 시간이 필요하다. 아니, 시간을 허락해줘야 한다. 문화 적응 이전에, 문화를 이해할 수 있는 시간, 문화를 받아들일 수 있는 시간을 줘야 한다고 생각한다. 그런 점에서 '허락된 시간'이 별로 없었던 다문화공연단 사람들의 이야기는 늘 가슴을 아프게 한다.

이뿐만이 아니다. 나에게는 오빠가 둘이 있다. 둘 다 한국에서 사회생활을 하고 있는데 오빠들은 나와 만나면 중국어를 사용하지 않으려고 한다. 특히 밖에서는 더더욱 심하다. 왜 그렇게 중국말을 하지 말라고 하냐고 물으면 오빠들의 대답은 늘 똑같다.

"네가 중국 사람이라는 걸 알면, 모두 너를 무시한단 말이야!"

사실 외국인들이 겪는 차별은 한국 사람들이 상상하는 그 이상이다. 어떤 사람들은 외국인 노동자를 자신의 의견을 정확하게 전달하지 못한다는 이유로 '조금 모자란 사람'으로 취급하기도 한다. 오빠들 역시 한국생활 하면서 많은 차별을 받았던 모양이다. 둘 다 나름대로 한국어로 소통하고 일하는 데 무리가 없는데도 말이다.

태국에서 시집 온 친구의 사정도 다르지 않다. 한국 온 지 12년 되던 해, 10살 된 딸아이와 첫돌을 맞이한 아들을 두고 남편이 하늘나라로 떠나버렸다. 처음 그 얘기를 들었을 때 얼마나 가슴이 먹먹했는지 모른다. 한국 사람도 아닌 외국 사람이 낯선 이국땅에서 두 아이를 키우며 살아가야 하는 마음을 내가 어떻게 다 이해할 수 있을까? 딸아이를 낳고 다문화가족지원센터에서 태국문화 수업을 했던 친구였다. 둘째를 가지고 싶어 하던 그녀는 부단한 노력 끝에 결국 아들을 낳았고, 모두가 부러워하는 멋진 남편과 행복한 결혼생활을 이어가고 있었다. 하지만 하늘도 무심하시지. 그 다정다감한 남편을 시샘이라도 하듯, 데려가 버린 것이다.

장례식이 끝나고, 나 역시 정신없이 살고 있던 터라 '챙겨야지.' 하면서도 늘 마음뿐이었다. 그러던 어느 날 친구에게서 연락이 왔다. 서울에 태국대사관을 가야 하는데 함께 가줄 수 있느냐는 것이었다. 늘 남편과 함께 가던 대사관을 혼자 갈 자신이 없다는 것이었다. 친구를 위해 사소한 것이라도 도와주고 싶었는데, 먼저 연락해 온 것이 고마웠다.

서울에서 함께 보내는 시간 동안, 나는 친구가 홀로서기를 많이 두려워한다는 것을 느꼈다. '혼자'라는 상황보다 '할 수 없을 것 같다.'는 생각이 친구를 붙잡고 있는 것 같았다. 분명, 친구도 처음부터 이러지는 않았을 텐데, 어디서부터 잘못된 것일까? 무엇이 친구를 '할 수 없다.'라는 생각으로 몰고 갔을까. 물론 어떠한 단정도 내릴 수는 없다. 다만 추측해볼 뿐이다.

나를 비롯한 많은 외국인들. 대부분 '다르다.'가 아니라 '틀리다.'라고 바라보는 시선에서 자유롭지 못하다. 틀리다. 몰라서 그렇다. 그런 말들을 계속해서 듣다 보면 누구든 그렇게 믿지 않을까? '나는 할수 없다.' 또는, '내가 틀렸어.'라고. 나는 '중국사람'이라고 말을 하지 않으면 외국인인지, 아닌지 모를 정도로 한국말에 능숙하다. 그러나 '중국사람'이라는 것을 밝히는 순간, 어떤 사람들은 말한다.

"길게 얘기하니까, 말투가 좀 다르긴 하네."

"그러고 보니까 좀 틀리네."

이쯤 되면 나도 헷갈린다. '나'라는 사람은 그대로인데, '나를 바라보는 시선'은 너무 쉽게 바뀌니 말이다.

누구의 잘잘못을 따지고 싶은 마음은 없다. 다만 낯선 땅에서 열심히 살아가는 모습을 따뜻하게 바라봐 주었으면 좋겠다. 틀린 것이 아니라, '다르다.'라는 시선으로 응원해 주었으면 좋겠다.

한국생활 14년 차. 차별을 느낄 때가 없다고 말하면 거짓이다. 하지만 그동안 살아오면서 적당히 맷집이 생긴 걸까. '아픈 만큼 성장한다.'라는 말처럼, 아픔이 있었기에 조금씩 나아지고 있다는 느낌이다. 서로 다름을 존중해주고 이해해주면 분명 세상은 더욱 아름다워질 거라고 생각한다. 인종이 다르고, 나라가 다르고, 문화가 다르고, 생활습관이 다르고, 경제상황이 달라도 우리는 다를 뿐 결코 틀리지 않다.

나의 삶을 긍정한다

얼마 전『스물아홉, 일 년 후 나는 죽기로 결심했다』라는 책을 읽게 되었다. 이 책은 실화를 바탕으로 일본에서 큰 파장을 일으킨 책인데, 책을 들자마자 단숨에 읽어 내려갔다. 책을 덮은 시각이 새벽 1시 38분이었는데 잠이 오지 않았다. 그동안 나는 무엇을 하며 어떤 생각으로 살아왔는지, 살아온 길을 되돌아보니 나 자신이 초라해 보였다.

책의 주인공 아마리는 29살의 나이에 1년 후 죽기로 결심하고, 낮에는 파견사원으로, 저녁에는 호스티스로 돈을 벌고, 주말에는 누드 모델로 일을 하며 돈을 벌었다. 그 이유는 1년 후 라스베이거스에서 멋진 배팅을 한 후, 죽기로 결심했기 때문이다. 아무런 목표 없이 살아온 아마리지만 죽기로 결심한 후 그 목표를 이루기 위해 어떤 유혹에도 흔들리지 않고 앞만 보고 달렸다. 결과는 어떻게 됐었을까? 1년 후 그녀는 죽지 않았다. 죽지 않은 아마리는 다시 태어나 '인생을 덤으로 산다.'라는 생각으로 하루하루를 새롭게 써내려간다.

죽음을 목표로 달려온 아마리는 왜 죽음이 아닌 삶을 선택했을까?

목표를 향해 달려오다 보니 또 다른 목표가 생긴 건 아니었을까?

만약 나였다면, 오로지 죽음 하나를 생각하며 그렇게 열심히 달려갈 수 있었을까?

1년이라는 시한부 인생을 스스로에게 부여했다면, 아마리처럼 살 수 있었을까?

수많은 궁금증이 생겨났다. 분명한 건 나는 그럴 수 없었을 것 같다. 저렇게 살 용기도, 또 죽음을 선택할 용기도 내겐 없었다. 이런 저런 상황들을 만들어 망설이면서 스스로를 합리화시키기에 바빴을 것 같다.

예전에는 없었던 친구가 생기고 멋진 남성의 관심을 받고, 예전과는 다르게 예쁜 모습으로 변한다면, 처음의 그 결심을 끝까지 가져갈 수 있었을까? 그것도 다른 것이 아닌 '죽음'을 목표로 말이다. 주변의 환경과 사람에게 영향을 받지 않고 정해둔 목표를 향해 달려가는 아마리. 그녀는 정말 멋졌다. 그러면서 궁금해졌다. 무엇이 아마리를 그렇게 열심히 달리게 만들었는지. 하루에 4시간씩 잠을 자며 주말도 없이 1년 365일을 지낸 아마리, 결국 과로로 쓰러져 병원에 실려 가면서도 끝까지 포기하지 않았던 아마리에게는 무엇이 있었던 걸까? 나는 그것을 '간절함'이라고 생각한다. '긍정적인 목표'가 아닌 '부정적인 목표' 앞에서도 간절했던 아마리에게는 망설일 시간조차 없었던 것이다. 아니, 망설일 시간을 주지 않았다고 말하는 것이 더 정확할 것 같다.

그런 아마리와 다르게 나는 어떠한가. 나는 시간의 간절함을 느끼지 못하고 생활했다. 아직 젊고 가능성이 있다며 안주하고 지냈었다. 목표가 없고, 하고 싶은 일이 없었던 것도 아니었다. 다만 아직 '시간이 많다.'며 달팽이 걸음을 합리화시키며 느릿느릿 가고 있었다. 시간도 너무 많았던 것 같다. 핑계 댈 시간, 망설일 시간, 흔들릴 시간까지. 갈대처럼 이리 저리 흔들리며 '언젠가 바람이 멈추겠지.'하고 기다리고 있었다. 바람이 멈추면 모든 것이 알아서 명확해질 거 같았다. 물론 그 바람을 내가 멈춰야 한다는 생각은 하지도 못한 채 말이다. 아마리와 나의 차이점은 바로 여기에 있었다. 선택도 결과도 모두 자신의 몫인데, 나는 선택권을 다른 사람에게 넘겨준 후 그 선택에 대한 책임을 피하기에 바빴던 것이다.

37살의 김인설이 29살의 아마리에게 '선택'과 '책임'을 배웠다. 온전히 자신의 선택에 대해 책임을 다하며 살아가야 한다는 사실을. 앞으로는 망설이지 않고, 스스로 선택하기 위해 노력할 것이다. 내가 선택하고, 내가 책임지는 '진짜 나의 인생'을 살아갈 것이다. 다른 누군가가 아니라, '나'를 믿으며 지금까지와 다른 새로운 이야기를 써내려갈 것이다. 나는 나의 삶을 긍정한다.

나는 TV보다 사람이 좋다

2014년은 나에게는 행운의 해이다. 공감과 휴먼을 만났기 때문이다. 공감, 말 그대로 '다름'을 이해하고 공감하고 함께 성장해나가는 곳이다. 사람들 앞에 서는 것을 굉장히 싫어하던 내가, 난생 처음 사람들 앞에서 강연을 했었다. 공감에서 강연 제의를 받았을 때 처음에는 '내가 무슨 강연을 하냐.'며 거절했었다. 무엇보다 자신감 부족, 다른 이들의 시선에 대한 두려움이 가장 컸던 것 같다. 그런 내가 어떤 계기로 강연을 하게 되었을까?

바로 '책'의 힘이다. 하루하루를 불안하게 살아가는 나에게 어느새 TV는 절친이 되어 있었고, TV는 세상 밖으로 직접 나가지 않아도 어떤 일이 벌어지고 있는지 친절하게 가르쳐 주었다. 또한 적막하고 웃을 일 없는 내게 웃음도 주었다. 하지만 그런 생활에 누구보다 지긋지긋해했던 것도 바로 '나'였다. TV에 묻혀 생활하는 나 자신에게 답답함을 느꼈던 때가 한두 번이 아니었다. 바꿔보려고 노력도 해봤지만, 언제나 무기력 앞에 무릎을 꿇고 말았다. 이런 내가 강연을 한다는 것, 그 자체가 이미 모험이었다. 엄청난 용기가 필요한 일이었다. 그러던 어느 날, 책을 읽고 있었는데 이 글을 읽게 되었다.

"많은 사람들이 착각하는 게 있어. 두려움을 느끼지 않는 게 용기라고."

"용기…… 그거 아닙니까?"

"아니…… 두려움을 느끼지 않는 게 아니라 두려워도 계속하는 게 용기야!"

— 『어떤 하루』(신준모) 중에서

순간, '아!'라는 생각과 함께 '한번 해볼까?'라는 알 수 없는 용기가 올라오기 시작했다. 그 용기에 힘입어 나는 제의를 받아들였고, 강연 무대에 올랐다. 그것이 벌써 2년도 더 됐다. 강연 무대에 처음 올랐을 때, 떨리는 목소리와 흔들리는 다리를 들키지 않으려 온몸에 힘이 들어가 뻣뻣하다 못해 마치 나무가 된 것 같은 느낌이었다. 금방이라도 쓰러질 것 같은 자세로, 불안한 마음을 애써 누르며 강연을 이어갔다. 무슨 말을 했는지는 기억나지 않는다. 다만 그날의 원고지가 내가 무슨 말을 했는지 제일 잘 기억할 뿐이다. 그렇게 우여곡절이 많았던 강연을 끝내고 내려오던 날, 나는 느낄 수 있었다. '자신감 부족,

타인의 시선에 대한 두려움'이라는 틀이 지금 조금씩 깨지고 있구나.

공감을 통해 독서모임도 시작하게 되었다. 책을 읽고 싶지만, 절친인 TV가 나를 유혹하는 바람에 생각하지 않고 멍하니 있는 시간이 많았는데, 그 거리를 좁힐 수 있는 기회가 생긴 것이다.

독서모임에서 얻은 것이 많다. 열심히 사는 모습, 열정 가득한 모습, 도전하는 모습까지 수많은 자극을 받았다. 그러면서 동시에 다른 사람들도 내가 느끼는 무기력과 답답함을 가지고 있다는 사실에 많은 위로가 되었다. 살면서 '하고 싶어서 했던 일'은 그리 많지 않다. 그런 내게 공감은 다양한 체험을 할 수 있게 해 주었다.

첫 번째 시도는 '우쿨렐레 동아리'에 가입하는 것이었다. 우쿨렐레는 정말로 매력 있는 악기이다. 기타에 대한 로망이 있어서 기타학원도 다녀 봤지만 줄을 누를 때마다 손가락이 너무 아파서 결국 포기했었다. 하지만 우쿨렐레는 달랐다. 줄이 많이 강하지 않아 조금 아팠지만 참을 수 있었다. 무엇보다 우쿨렐레에서 나오는 소리가 너무 듣기 좋았다. 우쿨렐레를 마구 튕기고 나면 스트레스가 풀리는 것 같았다. 몇 달간 배운 우쿨렐레를 캠핑 가서 남편과 아이 앞에서 실력을 뽐내기도 했었는데 서툴렀던 것일까. 남편은 '다른 데 가서는 절대 연주하지 마.'라고 했지만 꿋꿋하게 연주하고 있다.

두 번째 시도는 '우드버닝'이었다. 우쿨렐레처럼 오랜 시간을 두고 배운 건 아니지만 우드버닝의 매력에 푹 빠졌었다. 나무를 태워 그림을 그리고, 글을 쓰는 작업이 신선했고 무엇보다 나무가 타는 냄새도 너무 좋았다. 나무를 태워 물감으로 색을 입혀주고 멋진 작품을 탄생시켰는데, '내가 만들었단 말이야?'라고 혼자 감탄에 감탄을 했었다. 내 눈에는 다른 무엇보다 근사해 보였다.

세 번째 시도는 '세라믹페인팅'이다. 초벌 된 기물 위에 그림을 그리고, 물감으로 색을 입힌 다음, 다시 한 번 더 구워내면 멋진 작품이 완성됐다. 컵, 접시, 밥그릇 등 다양한 기물 위에 원하는 그림을 그리고 색을 입혀 세상에 하나뿐인 '나만의 작품'을 탄생시키는 매력적인 수업이었다.

네 번째로 시도했던 것은 '캘리그라피'였다. '대세'라는 캘리그라피에 관심이 갔었고, 무엇보다 선생님이 너무 좋았다. 유쾌하고 재미있는 선생님 덕분에, 볼펜이 아닌 붓으로 글을 쓰는 캘리그라피 수업을 정말 즐겁고 재미있게 배웠다. 거기에 더해 꽃꽂이, 바리스타, 천연화장품 만들기 등 공감을 통해 새로운 경험을 많이 했다. 그렇게 체험을 통해 '배움'의 즐거움이 늘어나자, 삶의 자신감도 조금씩 생기기 시작했다.

달걀은 스스로 껍질을 깨서 세상 밖으로 나오면 '병아리'가 되고, 누군가에 의해 깨지면 '계란 프라이'가 된다는 말을 들었다. 정말 나 자신에게 필요한 말이다. 그동안 누군가의 '두드림'에 익숙해져서 스스로 무엇을 해야겠다는 생각보다는 누군가가 깨 주기를 기다리고 있었다. 물론 여전히 세상이 두렵다. 하지만 집에서 혼자 TV를 보며

바보처럼 웃는 내 모습은 더 두렵다. 그래서 오늘도 나는 껍질을 깨기 위해 노력하고 있다.

그러면서 만난 휴먼리더십코스. 나의 틀이 깨지면서, 세상을 향해 나아가는 또 다른 통로가 되어주고 있다. 휴먼리더십코스는 대한민국 국민의 리더십 향상을 위해 뜻을 함께 모아 2009년부터 리더십강의를 자원봉사로 진행하고 있는 곳이다. 그리고 나는 그곳에서 현재 리더십 강사로 활동하고 있다.

휴먼에서 만난 사람들은 열정이 넘친다. 배우고자 하는 마음, 성장하고자 하는 마음, 사랑하는 마음이 가득한 곳이다. 휴먼의 모든 강사들은 자원봉사로 활동하면서 '나눔'을 생활에서 적극적으로 실천하고 있다. 사랑하는 마음이 없었다면 나눔을 실천하지 못할 것이다. 그분들 속에서 나도 함께 '나눔'을 실천할 수 있다는 사실이 그저 감사하고 고마울 뿐이다.

일주일에 한 번, 5~6시간 강의를 위해 따로 시간을 내야 하고, 강의가 없는 날에는 강의 준비로 바쁜 일상이 더 바빠진다. 웬만한 열정이 없다면, 결코 할 수 없는 일이다. 나눔을 실천하면서 동시에 '열정'도 함께 배우게 되는 곳. 그곳이 바로 '휴먼'이다.

공감과 휴먼은 나를 두려움으로부터 도망치지 않게 해 주었다. 좋은 에너지와 사람들로 인해 상처나 아픔을 어떻게 받아들이고 대처해야 하는지도 가르쳐 주었다. 그리고 행복이 무엇인지도 가르쳐 주었다. 휴먼을 통해 배운 열정과 나눔, 공감에서 받은 위로와 격려가 '지금까지의 나'를 '지금까지의 나와 다른 나'로 만드는 데 많은 영

향을 주었다. 그렇기에 그 안으로 걸어갔던 '나'를 많이 응원해주고
싶다.

　나는 말하고 싶다.

　나는 나의 삶을 긍정하며 지금까지와는 다른 나를 기다린다.

　내가 만나는 '사람'이 내 세계이고, 내 세상이다.

Part 04
마야

한국POP예술협회 캘리그라피 분과장

캘리그라퍼/마야손글씨(대구 달서구 교육센터) 대표

2016년 청원 대한민국 캘리그라피 공모전 우수상 수상

손글씨 쓰는 불혹의 女子이다. 글자를 좋아하던 女子가 글쓰기에 도전했다.

이제부터 女子는 캘리그라피 작가이자 책 쓰는 작가가 되었다.

네이버 블로그 "마야손글씨" http://blog.naver.com/akma4970

그때 나도 여학생이었다

1983년 9월의 햇살 좋았던 그날. 초등학교 6학년, 아니 그땐 국.민.학.교라 했었다. 여름방학이 끝나고 얼마 지나지 않은 어느 날이었다. 여느 날처럼 1학년 교실 청소를 마치고(그 시절 우리는 수업이 끝나고 청소시간이 되면 6학년이 1학년 교실청소를 맡아서 대신 해 주고 있었다. 6학년 1반은 1학년 1반 교실, 6학년 2반은 1학년 2반 교실…… 이런 식으로) 우리 반 교실로 돌아오니 남학생 몇 명이 날 기다렸는지 인상을 잔뜩 찌푸리며 다가왔다. 그러더니 내게 휴지를 던지듯 종이쪽지 하나를 건네고는 입가에 웃음을 흘리며 교실을 유유히 나가 버렸다.

사실 처음 있는 일이 아니었다. '오늘은 누구지?' 하는 마음으로 쪽지를 천천히 펼쳤다. 이번엔 반장 탁 군이었다. 그 때 나는 여자아이임에도 불구하고 다른 친구들에 비해 키가 컸고, 힘도 셌고, 깡도 센 편이라 남자아이들의 결투 신청을 자주 받았었다. 목소리도 컸고, 제법 리더십도 있어 본의 아니게 여자아이들의 지지와 응원을 한 몸에 받으며 우리 반을 이끌고 있었다. 그러다 보니, 자연스럽게 남자아이들에게 경계의 대상이 되고 있었고, 특히 반장과 그 주변의 친구들은 그런 나를 못마땅해했다. 결투 장소는 늘 학교 건물 뒤편에 위치한 쓰레기 소각장 앞이었다.

소각장 주변은 매캐한 냄새와 사라져 가는 연기가 가득했다. 소각장을 중심에 두고 이쪽 끝에는 나와 친구 3~4명, 저쪽 끝에는 탁 군과 친구 몇 명이 서로를 쳐다보며 서 있었다. 마치 영화의 한 장면처럼. 팔짱을 끼고 삐딱하게 서서 쳐다보는 나를 향해 천천히 걸어오기 시작하는 탁 군. 오른손만 주먹을 꼭 쥐고 있는 폼이 손 안에 무언가 있음을 짐작할 수 있었다. 나도 천천히 앞으로 걸어 나갔다. 탁 군의 전신을 빠른 속도로 스캔하면서 천천히 다가갔다. 그러면서 생각했다. '탁 군의 오른손 안에 있는 무언가를 피하는 방법은 단 하나뿐이다. 바로 선방이다.'라고.

정확한 타이밍을 찾기 위해 노력하면서 탁 군의 눈을 째려보았다. 오른손의 새끼손가락을 시작으로 손바닥 안으로 천천히 손가락을 하나씩 야무지게 접어 넣었다. 그리고 '이때다.' 싶을 때, 1초의 망설임도 없이 탁 군의 코를 향해 온몸의 힘을 실어 날렸다. 그 순간 탁 군의 오른손 안에 있던 작은 돌멩이 하나가 바닥으로 힘없이 툭 떨어졌다. 상황은 끝이 났다. 이제 남은 건, 내일 아침 담임선생님께 야단을 한번 맞는 일뿐이었다.

간혹 운이 좋아 엄마에게 얘기하지 않는 남자아이 덕분에 아무 일

없이 넘어가는 날도 있었는데, 그럼 그때부터 그 남자아이는 나의 견제대상에서 제외되었다. 뭐라고 하면 좋을까. 야단맞을 일을 피하게 해준 일종의 보상이라고나 할까? 아무튼 그랬다.

탁 군을 향해 친구들이 달려왔다. 나는 뒤도 돌아보지 않은 채 친구들과 그곳을 빠져나와 운동장을 가로질러 학교 교문을 나섰다. 그리고는 아무 일도 없었다는 듯 집으로 향했다. 집으로 돌아가는 길에 우연히 고개를 들어 바라보았던 가을하늘은 너무도 맑고 푸르렀다.

생각해 보면 나의 학창시절 비주얼은 여자도, 남자도 아닌 중성적 캐릭터였다. 그건 아마도 남아선호사상의 사고를 굳건히 가지고 계셨던 친할머니에 대한 나의 방어책이었던 것 같다. 4남매 중 막내였던 나의 아버지를 친할머니는 많이 아끼셨다. 고모, 큰아버지, 작은 큰아버지의 첫째가 모두 아들이라 손주가 많았음에도 불구하고, 딸을 첫째로 낳았다는 이유로 엄마를 질타하셨다. 그런 할머니를 난 이해할 수 없었다. 다행히 남동생이 태어나면서 엄마를 향한 질타는 줄어들었지만, 어떤 노력에도 불구하고 나는 친할머니에게 '영원한 미운 오리'였다.

삶은 그런 것 같다. 어이없고 별것 아닌 우연이, 혹은 오해가 그 삶을 통째로 이끌어 가기도 한다. 어느 순간부터 자연스럽게 나의 전부가 되어 버린 그것은 어떤 변화나 생소함에 익숙해질 수 있는 면역력조차 떨어뜨려 버린다. 그 기억 때문일까? 나는 학창시절 굳어져 버린 중성적 캐릭터로 인해 단 한 번도 치마를 입지 않았고, 날 둘러싼 우연 혹은 오해가 열어 준 그 길을 숙명처럼 받아들였다.

삶은 그렇게 같다
이이없고 별거 아닌 우연이
혹을 오해가 그 삶을 특정적로
이끌어가기도 한다
그리고 자연스럽게
그것이 나의 전부로 자리잡고
나를 어떤 변화나 생소함에
익숙해질 수 있는 면역격조사
떨어뜨려 버린다

2016. ㅁ. MAYA

청춘을 외치다

1994년 겨울, 나에게 재산은 '청춘'이라는 이름, 하나뿐이었다. 지금 돌이켜 보면 무모하기 그지없는 겁 없음이었지만, 그때 내겐 '절실함'이었다. 대학 졸업 후 서울 생활을 고집하는 내게 엄마는 조건을 달았다. 서울에서 혼자 생활하도록 허락하는 대신 어떤 지원도 해 줄 수 없다는 것. 아마도 딸의 홀로서기가 위태로워 보였기에, 가능하다면 빨리 포기시키려는 마음이었던 것 같다. 하지만 그럴수록 나의 오기, 혹은 객기는 더욱 단단해져 갔고, 결국 한겨울임에도 불구하고 영등포 다세대 빌라 옥탑방에서 대망의 '혼자살이'를 시작했다.

사실 어렸을 때 엄마와 한 공간에서 다정히 지냈던 기억이 별로 없다. 오히려 외가에 머무는 시간, 외할아버지, 외할머니와 밥상에 함께 앉아 있던 기억이 더 많다. 엄마는 늘 바빴다. 매 순간 일을 저질러대는 나의 분주한 성격은 어쩌면 엄마를 닮았는지도 모르겠다.

꿈을 이루고 싶은 마음 때문이었는지, 아들과 딸을 철저히 구분하고 차별하는 집에서 벗어나고 싶어서였는지 모르겠지만 아무튼 누가 뭐래도 당시 내게는 서울에서의 생활이 절실했다. 학창시절, 우연한 기회로 시작하게 된 연극 공연은 어느새 내 꿈이 되어 있었고, 고향에서 하나둘 작고 큰 공연을 이어가면서 그 꿈은 점점 구체화되어 갔다.

서울에서의 객지생활. 막상 시작하고 보니 생각처럼 쉽지 않았다. 사투리 억양을 쉽게 버리지 못하는 내게 제대로 된 역할은 주어지지 않았고, 그것보다 더 큰 문제는 나보다 잘하는 재능 넘치는 인재들이 많아도 너무 많았다. 그렇다고 쉽게 포기할 수도 없었다.

몇 달을 지내는 동안 지니고 있던 돈이 바닥을 드러내면서 결국에는 라면조차 사 먹지 못할 정도로 궁핍해졌다. 엄마 덕분에 돈이 아쉬운 줄 모르고 살아왔던 내 자존심도 함께 궁핍해져 갔다. 그렇다고 엄마에게 도움을 청할 수는 없었다. 아니, 정확히는 그러고 싶지 않았다.

돈이 없어 겪는 배고픔은 생각했던 것보다 비참하고 서럽고 잔인했다. 그것을 잘 견디는 방법에 대해 어디서도 배워본 적이 없던 나였지만, 잘 지내는 '척'과 동시에 '궁핍함'을 해결하기 위해 방법을 찾아야 했다. 그래서 시작한 서울에서 첫 아르바이트는 남대문시장 C동, D동 매점 음료 및 간단한 식사 배달이었다. 새벽시간이라 다른 할 일들과 시간이 겹치지 않았고 특별한 기술 없이 발만 빠르면 할 수 있는 일이라 좋았다.

남대문시장은 도매시장이라 많은 장사꾼들이 물건을 대량으로 구매하기 위해 모이는 곳이다. 그 장사꾼들은 새벽시간에 모였다. 남대문시장 C동 옥상에는 매점이 있었고, 상인들은 도매로 물건을 구입하기 위해 모인 장사꾼들에게 음료나 커피를 대접했다. C동 옥상 매점 인터폰을 통해 커피나 음료 주문이 들어오면 서너 군데 주문을 모아 매장명이나 매장번호를 외워 신속하게 배달하는 것이 주 업무였다. 처음에는 가게를 찾지 못해 한 층에서 돌고 또 돌기를 여러 번 했었지만, 빠르게 적응해갔다. 1층부터 4층은 물론, C동에서 D동으로 뛰어야 하는 일도 빈번했다.

C동과 D동은 2층에서 구름다리로 통하고 있었는데, D동으로 넘어가면 2층, 3층에 그릇 도매상가가 밀집되어 있었고, 그곳에서 일을 하는 직원들은 대부분이 남자들이었다. 혼수 장만을 위해 오는 고객들이 많은 탓인지, 대부분 검정 양복바지에 흰색 와이셔츠를 입은 젠틀맨 포스였다. 그들이 보기에 다람쥐마냥 뛰어다니는 내가 재미있어 보였는지, 누가 먼저랄 것도 없이 내가 지나가면 늘 장난을 걸어왔다. 그러나 당시 난 그 젠틀맨들의 장난을 받아 줄 여유가 없었다. 어떤 반응도 보이지 않고 쌩~쌩~ 지나가기에 바빴던 내게 그들은 '발 빠른 냉동소녀'라는 별명을 붙여주었다. 사실 소녀는 한참 지났었는데.

내 나이 스물넷. 삶을 고민하고 그 이면과 싸우기보다는 그 시절을 즐길 수도 있었어야 했는데, 아쉽게도 그러질 못했다. 치열했던 남대문 시장생활, 돌이켜 생각해보면 내게 많은 가르침을 전해준 곳이기도 하다. 보지 못했던, 혹은 몰랐던 삶의 많은 부분을 보게 하였고, 함께 숨 쉬며 살아가는 '사람들'에 대해 알게 해주었다.

그렇게 서울에서의 생활이 조금씩 익숙해져 갔다.

1993년 고향에서 대학을 졸업 후, 서울에서 몇 개월 지내는 동안 공부를 좀 더 해야겠다는 생각이 들었다. 그래서 1995년 3월 서울예전 극작과에 다시 입학했다. 새벽 4시 남대문시장으로 출근해 5시간을 열심히 뛰고, 10시가 되면 학교로 향했다. 다행히 남대문시장에서 학교까지는 아주 가까웠다. 일을 마치고 학교로 출발하기 전, 매점 어머니가 내게 만들어 주신 삶은 누룽지 밥과 된장찌개는 오랜 시간이 지난 지금도 잊을 수가 없다. 장성한 아들만 둘이었던 매점 어머니는 나를 딸처럼 챙겨주셨는데, 가끔 아들 흉도 보면서 나랑 얘기 나누는 것을 무척이나 좋아하셨다. 어떨 때는, 작은아들 흉을 내게 엄청 했다는 사실을 잊어버리고 이렇게 물으셨다.

"우리 아들캉 연애 안 해 볼래?"
"어머니 얘기 안 들었음 몰라도 내 다 아는데 안 할랍니다."

그때마다 어머니는 손뼉을 치시며 "맞다, 맞다."라고 하셨고 나도 따라 함께 웃곤 했다. 아르바이트비와 상관없이 용돈도 가끔 손에 쥐여주셨던 매점 어머니. 일을 그만두고 나서 두어 번 찾아뵈었던 기억이 난다. 그때마다 반갑게 맞아주셨고, 또 반갑게 배달도 시켜주셨고, 그립던 누룽지 밥도 끓여 주셨다. 생각만 해도 흐뭇해지는, 마음 따뜻한 분이셨다. 지금도 건강하신지 문득 궁금해진다.

이십대 중반을 넘겨 입학한 서울예전의 생활, 고등학교를 갓 졸업

한 새내기 친구들과 극작 수업을 함께 진행했었는데, 나이 덕에 대장 질도 좀 했었던 것 같다. 나보다 더 연장자가 있었는데도 말이다.

　시간이 흐르는 사이 내 꿈은 뮤지컬 배우에서 극작가로 변해 있었고, 나의 아르바이트 자리는 남대문시장에서 방송국으로 옮겨졌다. 서울에서의 생활을 시작할 당시 나와 비슷한 생활을 하고 있던 고향 대학의 동기, 동문들이 제법 많았다. 그들이 방송국 카메라 기자나 기술팀에서 자리를 잡으면서 방송국 아르바이트 자리를 얻을 수 있었다. 하지만 학비와 생활비를 모두 해결하기 위해서는 새벽시장일 대신 밤에 레스토랑 서빙이나 맥주바 서빙을 병행해야만 했다. 그렇게 바쁘게 '현실'을 살아내는 동안 '꿈'은 현실에서 멀어져 갔고, 결국 서울예전 극작과를 1학년만 마치고 휴학했다. 정식으로 케이블TV 방송 편성제작국에 취직하게 되면서 출·퇴근을 해야 하는 탓에 '극작 공부를 마무리하리라.'라는 다짐을 뒤로한 채 학교를 휴학할 수밖에 없었다.

　꿈을 찾아 떠났던 서울에서의 나의 20대, 그 청춘의 시간은 일을 쫓아 바쁘게 뛰어다니다 끝이 났다. 하지만 후회는 없다. 즉흥적이었고, 현실 타협적이었던 내 청춘에 대한 약간의 아쉬움이 남아 있을 뿐이다. 계획적이거나 논리적이거나 이상적인 '청춘'은 아니었지만 열심히 살아낸 스스로를 격려해주고 싶다. 청춘의 행로가 왜 노선을 바꾸게 되었는지, 굳이 따져 묻고 싶지도 않다. 처음 살아 본 청춘이었고, 한 번뿐인 그 시간들은 이미 지나가 버렸으니까. 이제 한 아이의 엄마이자, 캘리그라피 강사로 살아가고 있는 지금에 충실하고 싶다. '청춘'이라는 이름으로 받은 선물들을 가슴에 꼬옥 안은 채.

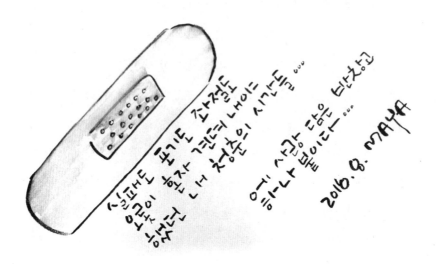

실패도, 포기도, 좌절도 너무 담담하게 오롯이 혼자 견뎌내야 했던 내 청춘의 시간들. 만약 그 시간들이 없었다면 과연 지금의 내가 있을 수 있었을까?

"후회는 기회를 잃게 할 뿐이다."

어떤 자리에, 어떤 모습으로 서 있게 되더라도 당당하고 씩씩할 수 있는 이유. 그것은 아마 뜻대로 완성해내지는 못했지만 최선을 다해 살아낸 청춘의 시간 덕분이라고 생각한다. 지독하게 독단적이었고, 외고집스럽게 '청춘'을 외치며 지냈던 시간들에 감사한다. 그리고 이 순간, 그 '청춘의 시간'을 보내고 있는 이들에게 전해주고 싶다. "다시는 돌아오지 않는 청춘을 부디 바람직하게 즐겨라."라고.

"언젠간 가겠지. 푸르른 이 청춘. 지고 또 피는 꽃잎처럼"이라는 노래가사와는 달리 청춘은 지고 말 뿐, 다시 청춘으로 피어나 주지는 않는다. 진심으로 괜찮은 삶을 바라고, 멋진 청춘이기를 원한다면, 모두가 들을 수 있게 큰 소리로 외쳐라. 편견 없이 보듬고 사랑해라. 아프면 아프다고 크게 울어라. 그리고 때로는 견뎌라. 청춘, 단 한 번뿐이다.

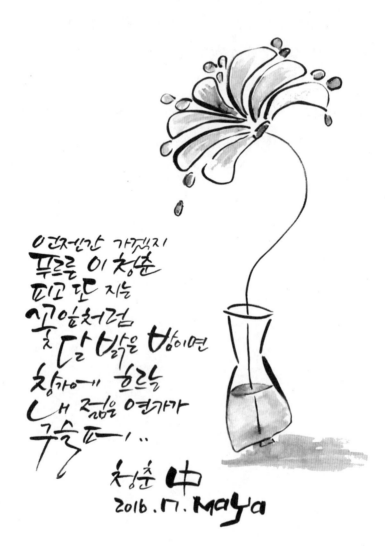

어쩐지 가겠지
푸르른 이 청춘
피고 또 지는
꽃잎처럼
첫 달 밝은 밤이면
창가에 흐르는
내 젊은 연가가
구슬프…

청춘 中
2016. 17. Maya

비 오는 날

우산 없이 길을 걸었다.

내게는 흔히 있는 방황이었다.

제멋대로 나부대는 나의 욕망과

이를 얼버무리려는 능청 때문에

택해야 할 길을 가려 뽑지 못하고 헤맴이었다.

빛을 잃고 어둠 속에 몸을 숨기고는

내 욕망 전부의 만족은 없을 줄 알면서도

그 욕망에 대한 미련을 버리지 못한 채

늘 언제나 그것을 기대하면서

그것만이 내 삶의 전부인 듯

멋대로 처신하며 살려고만 했다.

그렇다고 해서 나에게 빛을 나눠주고

나의 연약함과 둔함을 가려내어

구원사업을 해 줄 이 또한 없었다.

나 혼자 스스로 결단 내려야 한다는 것도 알고 있었다.

그릇된 결단이 낳는 실패나

그 밖의 다른 결과를 피해 가려는 시도는

늘 방향을 달리했었지만.

비 오는 날이면

언제나 새롭게 다시 떠오르는 나의 욕망들

신이 내게 맡긴 사고에 관한 나만의 지배력이

흉하게 일그러진 모양으로

빗속에서 뇌리를 두드린다.

- 1988. 1. 14 목요일 (빗소리에 아픈 내 다리를 위로하면서)

술이야

난 늘 술이야
맨날 술이야
널 잃고 이렇게 힘들 줄이야.

노래를 들으며
40이 훌쩍 넘은
난 또 술이야.

'20대 술이야'는 객기였다.
내가 이기나 술이 이기나
내기라도 하듯.
허나 내가 많이 졌다.

'30대 술이야'는 갈등이었다.
내 꿈을 접어야 하냐 마냐는
갈등이었다.

'40대 술이야'는 위로다.
하루를 무사히 살아 낸
나 자신에게 주는 위로다.

어느 순간
어느 곳에서도
술은
술, 술.
늘 잘도 넘어간다.

2016. 6 .8

술이야 中 -바이브-

난 늘 술이야
맨 날 술이야
넉 일하고 이일끝나기
힘들 주이야...

2016. 8. MAYA

나이를 먹어간다는 건

나이를 먹어간다는 건 결코 벼슬이 아니더라.
그저 나이를 먹으면서 이해하고 배려하는 마음이
자연스레 커져 가는 것일 뿐.

요즘 애들 못 봐주겠다
하지 마라.
그 나이 때 나도 다를 게 없었더라.

요즘 애들 위아래도 모르더라
하지 마라.
그 나이 때 나도 그랬더라.

요즘 애들이랑은 세대차이 너무 난다
하지 마라.
그 나이 때 울 엄마도 내 옆에서 그래 말씀하시더라.

요즘 애들 노래는 들을 게 없다
하지 마라.
그 나이 때 나도 그런 노래만 들었더라.

세월이 스승이고
세월이 답이더라.

오늘 젊다고 내일 영원하다는
어리석은 생각은 하지 마라.
누구에게나 인생의 마지막은 찾아오더라.

잘난 척도
허세도
거만함도
인생 끝에서는
모두 후회만 하더라.

2016. 2 .9

오늘 젊다고
내일 영원하다는
어리석은 생각을 하지마라

©마야

글쓰기

내가 나를 알아간다.
내가 나를 배운다.
내가 나를 다독인다.
내가 나를 꾸짖는다.

글쓰기가
못 봤던 세상을 보게 하며
못 봤던 사람도 보게 하며
못 봤던 무지를 보게 하며
못 봤던 동정도 보게 한다.

나를 지나간

수많은 시간을 얘기하게 하고
수많은 상처도 보게 하고
수많은 후회도 보게 하고
수많은 잘못도 보게 한다.

내가 나를 읽어 가는
오롯이 나를 위한
시간을 만들게 한다.

그렇다.
나는 나를 너무 몰랐다.
살아내기에 바쁜 나를
그냥 나의 전부라 여겼다.

이제야
내 안의 진정한 나와 마주한다.
나의 글쓰기는 새로운 삶이다.

2016. 6. 8

Part 05
윤슬(김수영)

평생 글 쓰고 싶은 사람 '윤슬'

작가, 강연가, 평생교육사, 독서지도사

윤슬 성장경영 연구소, 강연체험카페 '클럽 공감' 공감지기로

독서모임과 글쓰기 수업을 진행하고 있다.

저서 - 『행복한 백만장자』『마중물』『오늘, 또 한 걸음』『책장 속의 키워드』

네이버 블로그 "윤슬누리" : http://blog.naver.com/saykabby

알면 사랑한다

알면 사랑한다. 몇 글자 되지 않는 이 문장의 깊이를 이제야 조금 알 것 같다. 안다는 것, 특정한 물건이나 혹은 사람, 어떠한 것에 대해 이해할 수 있거나 그것에 대해 지식이 있다는 것을 의미하며 한 걸음 더 나아가 몰랐던 사실을 새롭게 알게 되는 '깨달음'의 의미도 내포하고 있다. 평소 '알고 있어.'라고 쉽게 표현하지만, 사실 제대로 '안다.' 라고 말할 수 있는 것이 과연 얼마나 될까. 온전하게 '안다.'라고 말할 수 있는 것이 과연 몇 개나 될까. 관계의 경우에는 더욱 그런 것 같다.

그리 길지는 않았지만, 살아오는 동안 많은 사람을 만났다. 인정하기 싫어하는 모습, 꽁꽁 숨기고 싶은 모습, 억지로라도 바꾸려고 노력하는 모습까지. 살아오면서 만난 그들, 실은 수많은 '또 다른 나'와의 재회였다.

언젠가 사석에서 그런 질문을 받았다. 관계에 대해서 어떻게 생각하느냐, 개인적으로 어떤 시선을 가지고 있느냐. 어떤 일을 계기로 그렇게 되었는지는 모르겠지만, '관계'에 관해서 두 가지 마음을 잊지 않으려고 한다.

첫 번째, '오는 마음 막을 수 없고, 가는 마음 또한 막을 수 없다.'라는 것.

언제부터인가 그랬던 것 같다. 진심은 통했다. 아니, '통할 사람은 통했다.'가 더 정확할 것 같다. 모든 마음을 얻겠다는 욕심을 버리기 위해 노력했다. 내 마음도 어찌할 줄 모르는데, 상대의 마음을 내가 어떻게 알 수 있단 말인가. 다만, 마음이 통하는 사이가 되기 위해 노력하는 과정이 나의 몫이라면, 마음이 통하지 않게 되는 결과에 대해서는 자유로워져야지, 이렇게 마음먹었다. 그리고 생각하고 나니, 훨씬 가벼워졌다.

두 번째는 '그럴 수도 있다.'라는 것.

그랬던 것 같다. 조금 더 알고 나면, 늘 비슷한 마음이 고개를 내밀었다.

'그럴 수도 있겠구나.'

'겪어보지 않은 내가 함부로 잣대를 들이밀면 안 되겠구나.'

'충분히 알기 위해 노력해야겠구나.'

'잘 모르면서, 마치 다 아는 것처럼 얘기하면 안 되겠구나.'

물론 잘 안 될 때도 있었다. 속상한 날도 있고, 이해가 안 되는 날도 있었다. 여전히 세상물정 어둡고, 마음의 중심이 자주 흔들리는 탓에 마음처럼 안 되는 날도 많지만, 여전히 애써보고 있다.

인디언 속담에 그런 말이 있다.
'그 사람의 신발을 신고 걸어보기 전에는 그 사람을 판단하지 마라.'
옳은 말이다. 알지 못했지만, 조금 더 알고 난 후, 마음이 달라진 경험, 한두 번이 아니다. 수많은 시행착오 속에서 배운 것이 있다면, 그 사람의 신발을 신으면 어떨지, 지금처럼 큰소리칠 수 있을지 모른다는 것이다. 그렇기에 필요한 것 같다. "충분히 알기 위한 노력".
국립생태원장이며, '통섭'을 말하는 최재천 교수님은 말했다.
"알면 사랑한다."
"조금 더 알고 나면, 조금 더 명확해지고, 조금 더 사랑할 수 있게 된다."

알고 나면 있는 그대로의 모습 그 자체를 인정하게 되고, 받아들이게 된다는 말하는 교수님의 얘기를 격하게 공감한다. '공존'이라는 울타리 안에서 '함께 살아갈 방법'이 필요한 우리들이다. 우리에게 해법이 있다면, 그건 바로 '앎의 대한 노력'이 아닐까라는 생각을 해본다.
안다는 것은, 단편적인 지식의 습득 차원이 아닌, 몰랐던 것을 알게 되는 '깨달음'을 포함하고 있다. 지금 우리에겐 그것이 필요하다. 자신이 믿고, 자신이 생각하는 '앎'이 아닌, 진짜 모습을 알기 위한 '앎'이 필요하다.

그렇다면, 진짜 제대로 아는 것은 어떤 것일까.

'앎'은 재구성되고 재편성되어야 한다. 그런 측면에서 이미 구성되어져 있던 것들 사이의 균열을 허락하고, 원인과 결과의 관점이 아니라 과정과 노력에 집중해야 한다.

우리는 알기 위해 노력해야 한다. 왜 그러한지, 어떤 이유로 그런 행동이나 말을 했는지 들여다보기 위해 노력해야 한다. 편견 없이 받아들일 수 있을 때, 부둥켜안고, 가슴을 내어주어야 한다. 자연을 보아도 그렇고, 사람을 보아도 그렇다.

가까이 들여다보면, 우리가 함부로 대해도 되는 것은 세상에 없다. 세상에 어느 한 가지도 결코 가볍지 않다.

알면 사랑한다. 알게 되면 사랑한다.

아니, 충분히 알게 되면 사랑할 수밖에 없다.

지금 이 순간, 우리에게 필요한 태도는 바로 이것이 아닐까.

"충분히 알기 위해 애쓰고 있는가?"

가끔은 의심이 필요하다

'오늘'이란, 우물에서 퍼 올리는 '한 바가지의 물'이다.

하루에 한 번만 퍼 올릴 수 있는, 결코 다시 담을 수 없는 이름이 바로 '오늘'이다.

살아오면서 만난 많은 사람들, '수많은 나'와의 재회였다.

노랫말처럼 우연보다 더 짧은 인연으로 엮어진, 각기 다른 깊이와 넓이를 자랑하는 그들 속에 내가 있었다.

그 안에서 닫히고, 또 열리는 '나'를 발견했다.

닮은 듯, 아닌 듯한 모습들. 뒷걸음질 치거나 외면하고 싶은 날도 있었다.

발가벗겨진 모습이 마치 내 모습 같아, 두려운 날도 있었다.

그럼에도 불구하고 '용기'를 내었다. 마주 서기 위해, 알기 위해.

그때부터였다.

안 보였던 것이 보이기 시작했다.

알고 싶지 않았던 것들이 들려오기 시작했다.

인정하기 싫지만, 실은 그랬던 것이다.

익숙한 것만 보려고 했고, 보이는 것만을 신뢰하려고 했었다.

의심이 필요한 순간이다.

아니, 제대로 알기 위한 노력이라는 것이 더 정확할 것 같다.

왜 그랬을까.

무엇이 그렇게 만들었을까.

내가 놓친 것은 무엇일까.

행운의 여신, 아무한테나 미소 짓지 않는다

행운, 네잎클로버의 꽃말은 '행운'이라고 한다. 나폴레옹이 전쟁 중에 세잎클로버 사이에 핀 네잎클로버를 발견하고 그것을 자세히 살펴보기 위해 고개를 숙였는데 바로 그 순간, 나폴레옹의 머리 위로 총알이 지나가 목숨을 건졌다고 한다. 그 일화에서 비롯되어 네잎클로버는 '행운'이라는 의미를 가지게 되었다고 들었다.

사람들은 '행운'을 기대한다. 행운의 여신이 자신을 찾아오기를. 활짝 문을 열고 들어와 자신의 삶을 깊게 껴안아 주기를.

연금술사에서 파울로 코엘료는 말했다.

"자네가 무언가를 간절히 원할 때 온 우주는 자네의 소망이 실현되도록 도와준다네."

그러면서 덧붙였다. "우주가 나서서 도와준다. 무언가를 간절히 원하면, 그것을 위해 우주가 움직인다. 완벽한 기회, 완벽한 성공이 될 수 있도록 도와준다."라고. 의미 있는 구절이다. 이 구절을 천천히 한 번 되짚어볼까 한다.

먼저 '간절히 원한다.'라는 것은 어떤 의미일까. 무엇인가를 원한다. 즉, 이것은 '지금은 지니고 있지 않다.'는 의미이며, '가지고 싶다.'라는 의미이다. 명예가 되었든, 사물이 되었든, 마음이 되었든, 무엇이 되었든 원하는 그것이 현재 없다는 것이다. 현재에 가지고 있지 않은 그것을 아주 간절히, 많이 원하고 있다.

'간절히 원할 때, 온 우주는 자네의 소망이 실현되도록 도와준다네.'

그렇다면 마음 깊이, 온 생각을 모아 간절히 원하기만 하면 우주가, 지구가 나서서 "여기 있어요!"라고 우리 눈앞에 대령시켜 줄까. 바로 이 지점에 '보이지 않는 어떤 것'이 있음을 얘기해 주고 싶다.

'뿌린 대로 거둔다.'라는 속담처럼, 뿌려놓은 것이 있어야 거둬들이는 것도 있다. 쉽게 말해 생각을 뿌리면, 생각을 거둬들이는 게 이치이다. 생각을 뿌리면 뿌릴수록, 깊은 사유, 깊은 생각의 결과물을 가져오게 된다. 하지만 원하는 것이 '생각'이 아니라, '어떤 결과'라면 그 결과가 나올 수밖에 없는 '원인'이 필요해진다.

씨앗이라도 뿌려놓아야, 가을을 기대할 수 있다. 씨앗을 뿌리는 농부의 마음은 간절하다. 풍년이 되어 많은 수확을 얻기를 기대하며 한 해 동안 노고를 아끼지 않는다. 자신이 할 수 있는 '전부'를 한다. '많은 수확'이라는 간절한 바람을 위해 그해 농사가 잘될 수 있는 '행위'

를 한다. 씨를 뿌리는 행동과 그것이 열매를 맺을 수 있는 과정에 동참한다. 무더운 더위에도, 장마철에도, 지루한 반복과 드러나지 않는 결과물 앞에서도 '믿는 마음'으로 이어가다. '간절히 원하면 온 우주가 나서서 도와줄 거야.'라는 마음으로 스스로를 이끌고 간다.

이처럼, 간절히 원한다는 것을 단순히 '늘 마음에 담아둬야지.'라고 생각하지 않았으면 좋겠다. '원한다.'는 것은 '명사'가 아니라 '동사'이며, '생각'을 넘어 '행동'의 영역이다. 정말 간절히 원하는 것이 있다면, 먼저 스스로 증명해내야 한다. 간절히 원한다는 사실을.

공자는 이런 말을 했다.

"산을 움직이려는 사람은 작은 돌을 들어내는 일로 시작해야 한다."

누군가는 그 말에 대해 이렇게 말할지도 모른다.

"작은 돌을 들어내는 것으로 저 높은 산을 움직일 수 있다니, 어느 세월에, 말도 안 된다."

하지만 더 말도 안 되는 것이 있다. 마음속으로 '움직여라, 움직여라.'라고 간절히 원하면, 산이 일어나 알아서 움직여 줄까? "여기까지 옮기면 됩니까?"라고 물어올까? 가만히 있던 자신에게 행운의 여신이 다가와 "내가 도와줄까?"라고 얘기할까?

아니라는 것이다. 적어도 어떤 원인이 될 만한 '행동'이 있어야 한다. 백 일, 천 일, 만 일 동안 '움직여라, 움직여라.'라는 간절한 기도보다, 작더라도 '움직임'이 있어야 한다. 하루, 이틀, 백 일, 천 일 동안

기도만 한다고 변화가 생기지는 않는다. 물론 운이 좋아, '저 산에 공원을 만들어야겠어.'라며 덤벼드는 업자가 생길 수도 있지만, 그 확률이 과연 얼마나 될까. 그 몇 분의 몇 확률을 위해 '인생의 전부'를 걸고 기다리고 있을 것인가?

차라리 그것보다는 하루, 이틀, 백 일, 천 일 동안 작은 돌 하나라도 옮기면서 변화를 드러내는 것이 더 낫지 않을까. 하다못해 산을 움직여 '아이들을 위한 놀이터'를 만들겠다고 한다면, 그 마음에 동참하는 이들이 생길 수도 있는 일이다. '아이들을 위한 놀이터'에 감동하며 나누려는 이들이 몰려들 수도 있는 일이다. 함께 살아가는, 함께 행복해지는 방법을 발견해낸 것에 기뻐하면서 말이다. 일이 이쯤 되었을 때, 행운의 여신도 기대해볼 수 있다.

한 명이 아닌, 더 많은 이들이 행복해지는 소리, 행운의 여신도 가만히 있지 못할 것이다.

세상에 '당연한 것'은 없지만 '마땅한 결과'는 존재한다. '어떠한 원인'에 의해 이루어진 자연스러운 현상을 나는 '마땅한 결과'라고 정의한다. 간혹 이해가 되지 않은 경우도 더러 있지만, 분명 삶의 많은 것들이 그런 '어떠한 원인'에 의한 '자연스런 결과물'이라고 생각한다.

그러니, 완벽한 기회가 찾아오기를, 행운의 여신이 오기만을 기다리고 있지 말자. 스스로 움직임이 있을 때, 기회도 생기고 행운도 찾아오는 것이다. 어떠한 움직임도, 아무런 행동도 없는데 변화가 생겨나고, 결과가 나오는 일은 없다. 마음속으로 간절히 원하는 것이 있다면, '원하는 것'을 위한 '무엇'이 선행되어야 한다. 투자가 되었든, 노력이 되었든, 씨앗을 뿌려야 한다. 새벽형도 좋고, 야행성도 좋다. 시간을 들이고, 정성을 쏟아 붓는 '움직임'을 쌓아가자.

이렇게 생각해보면 좋을 것 같다.

만약 당신이 '우주의 신'이라고 한다면, 과연 어떤 사람을 찾아갈 것인지….

어떻게 일을 하고 있는 사람을 찾아갈 것인지.

운수 없는 날

저 멀리 생머리를 날리는, 미모의 여인이 다가온다.

꿈속에서나 만나볼 수 있었던 여인이다.

그녀의 환한 미소로 세상이 온통 핑크빛이다.

조금씩, 조금씩 다가온다.

'말이라도 걸어 봐야지.'

그런데 이 일을 어쩌나. 양치를 못 하고 나왔다.

그러고 보니, 급하게 나온다고 머리도 감지 않았다.

실내복을 걸치고 슬리퍼를 신은 모습이라니.

어떻게 이런 일이.

어.

어.

어떻게 손을 써볼 사이도 없이 그녀가 지나간다.

저기.

저기요.

어…….

이런, 목소리도 나오지 않는다.

오늘은 정말 '운수 없는 날'이었다.

과연 그럴까?

나름대로 성과를 거둔, 성공적인 삶을 산 사람들은 말한다.

"운이 좋아서 그렇게 되었습니다."

겸손일 수도 있고, 때론 운이 좋았을 수도 있다. 하지만 분명 전부
는 아닐 것이다. 우주가 그를 찾아갔다면, 분명 그만한 이유가 있다.
행운의 여신이 가던 길을 멈추었을 땐, 분명 그만한 까닭이 있다.

행운의 여신을 기다리고 있는가.

완벽한 기회가 자신에게만 오지 않았다고 생각하는가.

불쑥불쑥 그런 마음이 고개를 내밀 때, 스스로에게 이런 질문을 던
져봤으면 좋겠다.

내가 신이라면, 우주의 신이라면, 나를 찾아오고 싶을까.

'간절히 원하는 것'을 들어주고 싶어 안달이 날 만한 '움직임'을 만
들어야 한다.

기도만으로, 마음만으로 우주를, 행운의 여신을 불러들일 수 있다면.

아, 그건 진짜 'MAGIC'이다.

열등감, 관점에 변화가 필요하다

집안이 나쁘다고 탓하지 말라.

나는 아홉 살 때 아버지를 잃고 마을에서 쫓겨났다.

가난하다고 말하지 말라.

나는 들쥐를 잡아먹으며 연명했고

목숨을 건 전쟁이 내 직업이고 내 일이었다.

작은 나라에서 태어났다고 말하지 말라.

그림자 말고는 친구도 없고 병사로만 10만,

백성은 어린애, 노인까지 합쳐 2백만도 되지 않았다.

배운 게 없다고 힘이 없다고 탓하지 말라.

나는 내 이름도 쓸 줄 몰랐으나

남의 말에 귀 기울이면서 현명해지는 법을 배웠다.

너무 막막하다고,

그래서 포기해야겠다고 말하지 말라.

나는 목에 칼을 쓰고도 탈출했고

빰에 화살을 맞고 죽었다 살아나기도 했다.

적은 밖에 있는 것이 아니라 내 안에 있었다.

나는 내게 거추장스러운 것은 깡그리 쓸어 버렸다.

나는 나를 극복하고 정복하는 그 순간,

나는 징기스칸이 되었다.

'징기스칸의 시'라는 제목으로 인터넷에서 쉽게 만날 수 있는 글이다.

몽골 제국의 징기스칸, 테무친의 일대기를 떠나 마지막 문장이 마음에 들어온다.

"나는 나를 극복하고 정복하는 그 순간, 나는 징기스칸이 되었다."

자신에게 있는 거추장스러운 것을 쓸어버리고, 자신을 극복하고 정복한 징기스칸.

그는 말한다.

"약점이라고 말하는 열등감, 내게도 있었다. 하지만 나는 그것을 버렸다. 버릴 것은 버렸고, 극복할 것은 극복하기 위해 노력했다."

열등감이 각자의 삶에 미치는 영향력은 상당하다. '자존감이 낮아서 자존심으로 똘똘 뭉쳤다.'라는 말도 있지만, 열등감은 결코 만만하지 않은 감정이다. 그전에 무엇보다 '열등감' 또한 감정의 한 종류라는 것도 잊지 말아야 한다. 머리로 생각하고, 가슴으로 받아들이는 감정의 하나이다. 그런 까닭에 열등감은 '없애 버리겠다.'가 아니라, '극복해 나가겠다.'라는 말과 더 잘 어울린다. 그렇다면 어떻게 하면 열등감을 줄이거나 극복할 수 있을까.

열등감 하나, 어찌해볼 수 있는 것에 집중하자.

'욕망 이전에, 그 자체를 먼저 들여다봐야 한다.'라는 말이 있다. 이와 마찬가지로, 열등감 이전에 열등감 그 자체를 먼저 들여다봐야 한다. 아니, 그럴 필요가 있다. '지금 열등감을 느끼고 있구나.', '무엇 때문에 이 감정이 생긴 것일까.' 그것을 알아차려야 한다. 즉, 먼저 상황을 정확하게 인식할 필요가 있다. '스스로 어떻게 해 볼 수 있는 것'인지, 아닌지는 두 번째 문제이다. 먼저 감정을 제대로 이해하고 받아들이는 것, 이것이 열등감을 극복하는 첫 번째이다.

'어찌해 볼 수 있는 것'이라면 '어찌해 볼 수 있는 상황'으로 바꾸면 되고, 어찌해 볼 수 없는 것이라면 '그것을 바라보는 자신의 관점'에 변화를 줘야 한다. 중요한 것은 '내가 어찌해 볼 수 있는 것'인지, 아닌지에 대한 본질적인 접근이 우선이다.

서민 교수님은 자신의 책에 그런 말을 했다. 스스로 너무 못생겨서, 얼굴이 못생겼으니, 공부라도 잘해 그걸로 만회해야겠다는 생각으로 공부했다고. 그런 노력 끝에 그는 의대에 갔고, 거기에서 자신만큼 못생긴 아이들이 생각보다 많다는 사실에 위안받았다고 했다.

즉, 서민 교수님은 자신이 '어찌할 수 없는 것'에 집중한 것이 아니라, '어찌해 볼 수 있는 것'에 집중한 것이다. 스스로 바꿀 수 있는 것, 스스로 변화시킬 수 있는 것에 집중한 것이다. 그런 측면에서 열등감을 극복하는 방법으로 이 말을 해주고 싶다.

'어찌해 볼 수 있는 것'에 집중하자.

'세상은 넓고 할 일은 많다.'라는 글처럼 세상은 넓고 사람은 많다. '열등감'이라는 울타리도 어떻게 생각하면, '자신이 만들어놓은 울타리'인지도 모른다. 자신도 모르게 '여기까지야.'라며 스스로 교육하는 건지도 모른다. 울타리 너머에 무엇이 있는지, 어떤 일들이 벌어지고 있는지 알지 못하는 우물 안 개구리처럼, '지금'을 전부라고 규정짓고 있는지도 모른다.

열등감, 어제까지는 느끼지 못했지만 오늘 갑자기 느낄 수 있는 '감정'의 한 종류이다. 열등감, 언제든 닥쳐올 수 있는 감정이기에 그것을 바라보는 '관점'이 무엇보다 중요하다. '없애겠다.'가 아니라 '극복해 나가겠다.'라는 마음으로 들여다보자.

두 번째, 용기를 내어보자.

'열등감을 극복하는 방법'이라는 질문에 대해 두 번째로 얘기해주고 싶은 것은 '용기'이다.

바로, 스스로를 극복하려는 용기.

세상에 온전히 약점만 지닌 사람은 없다. 마찬가지로 세상에 약점이 없는 사람도 없다. '신은 공평하다.'라는 말은 바로 이러한 관점에서의 해석이다. 세상에 약점 없는 사람이 없는 것처럼, 세상에 열등감 없는 사람도 없다. 이미 말했듯, 열등감은 '감정'의 한 종류인 까닭에 만약 그런 사람이 있다면 그런 감정을 느낄 만한 상황이나 환경을 만나지 못한 것뿐이다. 그러니 너무 애타지 말자. '신은 공평하다.'는 말처럼, 그에게도 언젠가는 찾아갈 감정이니.

스스로를 찾아온 열등감, 이것을 극복하는 것이 더 중요하다.

모든 일이 그러하듯 '극복'에도 단계가 있다. 현실을 부정하고 싶은 단계. 숨긴다거나 감춘다고 해서 사라지지 않는다는 사실을 깨닫는 단계. 그리고 어떻게 해야 하는지 방법을 찾는 단계까지. 많은 일이 그러하듯, 열등감 또한 크게 다르지 않다. 스스로를 부정하고, 수용하고, 극복하는 과정을 거쳐야 한다. 사실 '어찌해 볼 수 있는 것'을 선택하는 것 자체가 이미 용기를 낸 것인지도 모르겠다.

열등감, 너무 두려워하지 말자. '그렇구나.' 혹은 '내가 이런 상황에서 열등감을 느끼는구나.'라고 정면에서 바라보고 그것을 넘어서면 되는 일이다.

나는 어떤 사람이다.
나는 무엇을 좋아하는 사람이다.
나는 어떠한 것을 이야기할 때 두려워한다.

나는 무엇을 좋아하니까 그것을 더 잘해보겠다. 혹은 열심히 해보겠다.
나는 어떤 것을 두려워하니까, 조금이라도 극복하기 위해 노력하겠다.

물론 이 모든 과정에 '용기'가 필요하다. 자신을 제대로 알기 위해
노력하는 용기. 그 과정에서 '선택'하는 용기. 마지막으로 '자신을 믿
는 용기'까지. 하지만 사실, '용기'가 어떤 특별한 것이 아니다.

김춘수 시인의 글처럼, '나'를 찾아주는 것, '나'를 제자리로 옮겨놓
는 것, 자신의 이름을 불러주는 것, 이것이 용기이다.

세상 많은 사람들이 비슷한 경험을 하고, 또 비슷한 용기를 내며
살아가고 있다. 열등하다고 느껴지는 부분을 인정하거나 극복하기
위해 물속에서 열심히 헤엄치고 있다.

'지금까지 하지 않았던 것'을 한번 해 보기 위해, '지금까지 해 오던
것'을 하지 않기 위해 노력하면서, '감정의 주인'이 되기 위해 애쓰고
있다.

명심보감에 보면 '한 가지 일을 겪지 않으면 한 가지 지혜가 자라
나지 않는다.'는 말이 있다. '사람들은 산에 걸려 넘어지는 것이 아니
라, 작은 조약돌에 걸려 넘어진다.'라는 말도 있다. 이와 같이, 작은
한 가지, 한 가지가 쌓여 '자기 자신'이 만들어지고, 동시에 그 작은 한
가지, 한 가지가 '자기 자신'을 무너뜨리기도 한다.

열등감, 자신을 쌓아가는 좋은 '약'이 될 수도 있고, '독'이 될 수도
있다.

한 번뿐인 삶이다. 용기를 내어 이왕이면 '약'으로 만들어 보자. 자

신도 모르는 사이에 '열등감'이라는 울타리를 만들어 버린 것은 아닌
지 의심해보면서, '어찌할 수 있는 것'인지, '어찌할 수 없는 것'인지도
살펴보자.

열등감, 너무 주눅 들지 말자.

징기스칸이 극복했다면, 우리도 극복할 수 있다.

징기스칸이 해냈다면, 우리도 할 수 있다.

선언해라, 이런 사람이 되겠다

우리나라에는 어마무시한 속담이 있다. '말이 씨가 된다.' 그러면서 함께 배웠다. 말을 하고 나면 세상에 뿌려지고, 결국 모습을 드러낸다. 부정적인 말을 뱉으면 그 화가 도리어 자신에게 온다. 나쁜 말을 하면 나쁜 일이 생길 뿐만 아니라, 악영향이 오히려 자신에게 되돌아온다.

물론 틀린 얘기는 아니다. 이왕이면 다음과 같은 말을 함께 배웠다면 얼마나 좋았을까. 좋은 말을 하면 좋은 일이 생길 수 있다. 좋은 말을 많이 하면, 좋을 일이 많이 생긴다. 인디언 속담에 그런 말이 있다. '같은 말을 100,000번 하면 현실로 이루어진다.' 어찌 되었든 분명한 것은 부정적이든, 긍정적인 말이든 '말'에는 힘이 있다는 얘기다.

'말이 씨가 된다.'라고 했는데, 그렇다면 '말'은 어디에서 오는 것일까. 말의 시작, 나는 그것을 '생각'이라고 말하고 싶다. '생각'이 입을 통해 나오면 '말'이 되고, 손을 통해 나오면 '글'이 된다. 즉 '말은 생각에서 나온다.'라고 정의 내리고 싶다. 그렇기에 생각없이 뱉어내는 말이든, 생각해서 뱉어내는 말이든 결국 '말'은 '생각'의 또 다른 이름이며, 동시에 '자기 자신'이다.

그런 측면에서 인디언 부족의 '긍정적이든, 부정적이든 같은 말을 100,000번 하면, 현실로 이루어진다.'라는 말은 의미심장하다. 긍정적인 생각으로 긍정적인 말을 100,000번 뱉어내도 이뤄지고, 부정적인 생각으로 부정적인 말을 100,000번 뱉어내도 이뤄진다는 얘기다.

이지성 작가의 『꿈꾸는 다락방』에도 비슷한 이야기가 나온다. 'R=VD'공식, '생생하게 꿈꾸면 이루어진다.'라는 의미의 공식으로 여러 사례를 들어 공식을 증명하고 있다.

그러니 이제부터라도 말해 보자. 아니, 선언해 보자.

긍정적인 선언문을 작성해 자신에게도 얘기해 주고, 다른 사람에게도 알려주자. '나는 앞으로 이런 사람이 되겠다.', '나는 이런 삶을 살아가겠다.'라고. 긍정적인 생각이 담긴 긍정적인 말을 사방에 뿌려보자. 100,000번도 좋고 그 이상도 좋을 것 같다. 이왕이면 많이, 아주 많이. 정말 그렇게 될 것 같은, 혹은 된 것처럼. 우주가 귀 기울일 수 있을 만큼, 자주 많이 뿌려보자. 그것도 아주 생생하게.

같은 이유로 나 역시 세상을 향해 온 사방으로 열심히 뿌려보고 있다. 긍정적인 생각이 담긴, 긍정적인 말의 흔적을 남겨보고 있다. 단한 명에게라도 '세상이 따뜻하다는 것'을 전해 주기 위해.

에머슨의 표현처럼, 내가 오기 전보다 세상이 조금이라도 더 나아지는 데 기여하기 위해. 그런 마음이 전해졌던 것일까. '단 한 명'을 위하는 마음으로 시작했었는데, 어느 정도의 시간이 지나면서 주변에 이렇게 말해주는 사람이 생겨났다.

"나도 잘할 수 있을 것 같아."

"용기가 생겨."

"나이를 먹는 게 두렵지가 않다."

"내일이 있다는 건, 설레는 일이야."

"나도 내가 좋아하는 꿈을 찾을 거야."

"무엇이 최선인지 알게 되었어."

참으로 고맙고 감사한 일이다. 쓰임이 있다는 느낌과 세상에 뱉어놓은 말에 절반의 책임을 다하고 있다는 생각에.

생각이 말이 되고, 말이 씨가 되어 이루어진 결과인지 모르겠지만, 요즘은 그들에게 던졌던 질문을 나에게 해보고 있다.

어디까지 할 수 있을까.

어디까지 가 볼까.

나 자신과 세상, 사람들과 맞닿아 있는 지점에서 해보고 싶은 일들이 아직 많다. 작심삼일 속에서 주저앉는 생각도 많고 뱉어내지 못한 말도 많지만, '상상'이라는 엔진의 힘은 여전하다. 알 수 없는 '내일'이어서 두려운 것도 사실이지만, 그래서 더 흥미롭다.

'쌓아온 것'이 있어 두렵지 않고, '해야 할 것'이 있어 설렌다. 그리고 지금 이 순간에도 무언가를 하고 있기에, 나는 내일이 궁금하다.

위대함은 미래에 호소한다.

— 『세상의 중심에 너 홀로 서라』(랄프 왈도 에머슨) 중에서

스스로에게 선언해 보자.

'어떤 사람이 되겠다. 혹은 어떤 삶을 살겠다.'라고.

긍정적인 씨앗을 여기저기 뿌려보자. 온 사방으로.

'어떤 사람이 되겠다. 어떤 삶을 살겠다.'라며 스스로를 격려하자.

'말이 씨가 된다.'라던 말을 떠올려보자.

세상은 정직하다. 뿌린 대로 거두어들이는 것이 세상의 이치이다.

스스로에게 좋고, 세상에도 좋은 것이 있다면 마음껏 뿌려도 된다.

콩을 심으니 콩이 나는 것이다. 팥을 심었는데 콩이 나는 경우는 없다.

'뿌린 것만 거둬들인다.'라는 생각으로 마음껏 뿌리며 살아보자.

당신도 글을 쓸 수 있다

동시대를 살아가는 사람,

늦은 시간 비슷한 고민으로 술 한잔을 마시는 사람,

어떻게든 도망치려고 발버둥치는 사람,

혹은, 어떻게든 조금 더 가까이 가 보려고 노력하는 사람,

글쓰기, 결국 '당신과 똑같은' 혹은 '당신을 닮은 사람'이 쓴다.

맞닥뜨린 삶을 어찌할 줄 몰라 끌어안고 있는,

뒷걸음질 치고 싶은 두 다리마저 그 자리에서 꽁꽁 얼어버린,

비슷한 생각과 고민을 하는 '사람'이 쓴다.

글쓰기.

'누구나 글을 쓸 수 있다.'라고 말하는 이유가 여기에 있다.

그가 쓸 수 있는 것처럼,

그녀가 쓸 수 있는 것처럼,

나아가 그분이 쓸 수 있는 것처럼.

그리고 내가 쓸 수 있듯, 당신도 쓸 수 있다.

Part 06
이경애

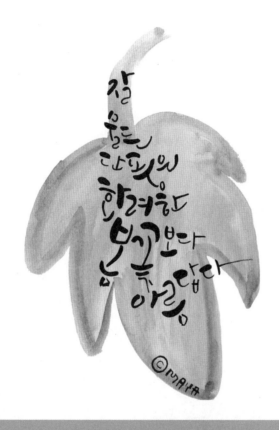

아까르마 미용실 원장

오랜 시간 미용실을 운영하면서, 늘 새로운 것에 대한 '갈증'이 나를 지배했다.

그래서 시작한 것이 '글쓰기 모임'이다.

혼자서는 할 수 없는 일을 함께 하면서 자극을 받고 용기를 내어본다.

지금 나는 새로운 성장을 즐기며 살아가고 있다.

성장은 몸으로 하는 것이 '답'이다.

뚝배기보다 장맛이야!

#1 돼지 인물 보고 잡아먹냐?

한눈에 봐도 촌티가 넘쳐흐른다. 남자는 60~70년대에 어울릴 법한 차림, 폭이 넓고 길이가 짧은 넥타이를 하고 있고, 남자의 어머님으로 보이는 나이 지긋한 분은 '액세서리'로 온몸을 휘감았다.

'결혼'이 '필수'였던 시대. 결혼 적령기를 훌쩍 넘긴 33살의 과년한 딸을 둔 엄마는, 모임에만 다녀오면 '싸움닭'으로 변해 나에게 이렇게 말했었다.

"누구는 며느리를 얻었네!"
"누구는 사위를 얻었네!"

이런 엄마의 성화에 못 이겨, 엄마와 대구에 살고 있는 이모의 주선으로 서울의 맞선 자리로 불려가게 된 날 아침, 엄마와 한바탕 전쟁을 치렀다. '간다, 안 간다.'라는 실랑이 끝에, 엄마에게 무리한 제안을 했고 결국 엄마의 승낙을 받고 난 후, 약속장소로 향했다.

맞선 장소에 도착해보니, '우리 모녀'를 기다리는 또 다른 '모자(母子)'가 보였다. 한눈에 봐도, '국제시장' 배경의 촌스러운 '의상'을 입고 있었다. 그리 크지 않은 체구에 잔 체크의 베이지색 양복을 입은, 안에는 '흰 셔츠'에 폭이 넓은 '넥타이'를 한 남자였다. 전체적으로 구색은 맞췄지만, 익숙한 복장은 아닌 듯 불편해 보였다. 검게 그을린 얼굴에서는 '야성미'보다는 '머슴 같은 투박함'이 느껴졌다. 간간히 부딪히는 눈빛이 어색한지 연신 고개를 떨어뜨리는 모습은, 내가 미래 배우자의 조건으로 생각하는 모습과는 거리가 멀어 보였다. 키 크고, 잘생기고, 똑똑하고, 돈도 잘 버는 사람. 나는 그런 사람을 찾고 있었다. 그렇기에 간단하게 통성명만 하고, '빨리 헤어져야겠다.'는 생각으로 점심을 먹자고 말했다.

낙지전골 전문집. '부글부글' 먹음직스럽게 잘 차려진 음식을 보니, 식욕이 당겼다. 얼마쯤 밥을 먹었을까. 남자의 어머님은 그새 밥 한 공기를 게 눈 감추듯 다 드셨고, 조금 아쉬운지 주변을 살피기 시작했다. "새벽에 일어나 6시 첫차를 타고 서울 올라오느라, 아침밥을 못 먹었다."는 남자 어머님의 이야기에 당황스러웠지만, 나는 얼른 밥 한 공기를 추가했다. 남자가 우리 '모녀'를 의식했는지, 테이블 밑으로 연신 자신의 어머니 '허벅지'를 꼬집고 있었다. 하지만 남자의 어머님은 굴하지 않고 끝까지 먹는 것에만 집중했다.

식사가 거의 끝나갈 즈음, 국물만 남아 '뽀글뽀글' 끓고 있는 '전골 냄비'에 남은 밥마저 쏟아 부어 쓱쓱 비비며 비위 좋게 다 비우셨다. 그렇게 세 공기를 드신 후에야 만족스러운 듯, 흘러내리는 땀을 구석 구석 꼼꼼히 닦으셨다. '주책스러움'을 나름대로 넉살 좋게 변명하시 는데, 입담이 장난이 아니셨다.

식사 후, 다소 어색했던 분위기가 반전되면서 우리는 자리를 옮겨 '찻집'으로 향했다. 대화를 나누는 동안, 남자와 내가 '생활습관'과 '가 치관'이 비슷하다는 것을 직감할 수 있었다. '가식'으로 넘쳐날 수 있 는 자리였음에도 전혀 의식하지 않는 '당당함'이 신선했다. 부드럽지 못한 남자의 투박한 말투에 오히려 '신뢰감'이 쌓이면서, 묘한 따뜻함 과 편안함까지 느껴졌다. 남자와 헤어져 집으로 돌아오는 길, 엄마는 남자에 대해 연신 칭찬하셨다.

"뚝배기 같은 사람이다!"
"인상 좋고, 점잖고, 성격도 자상하다."

엄마는 금방이라도 딸을 시집보낼 기색이셨다. 결혼에 대해 강력 하게 부정하던 딸이 그날 이 후 약간의 '긍정적 동요'가 일고 있음을 간파한 엄마는 내게 '촌스러움'이라는 시각적인 '흠'을 핑계 대는 결정 적인 한 방을 날리셨다.

"기생오라비 같은 남자는 인물 값 한다!"

"돼지 인물 보고 잡아먹냐? 따뜻하게 변함없이 너만 위해주는 사람이 최고다!"

그 한 방의 영향이었을까.

얼마 후 '남자'는 '남편'이 되어 있었다.

#2 장맛에 의해 빛이 나는 항아리처럼

결혼과 동시에 '신랑'으로 호칭이 변한 남자. 신랑은 근면 성실하고 부지런했다. 그런데 살아 보니, 완전히 '백치미'였다. 하고 싶은 것도 없고, 관심사도 없고, 우유부단한 성격이었다. '아껴야 잘 산다.'라는 마음에 무조건 제일 '싼 것'만 찾아다녔다. 그래서 그에 대한 '복수'로 나는 먹는 것만큼은 제일 좋고 '비싼 것'을 먹으며 신랑에게 저항했던 적도 있었다. 하지만 그렇게 소소한 '볶음'의 연속으로 이어온 결혼생활이지만, 살아오면서 지금껏 '나의 선택'을 후회한 적은 없다.

그런데 언제부턴지 모임에 다녀오는 신랑의 표정이 어두워지기 시작했다. 몇 년 전부터 불기 시작한 감원바람은 준비되지 않은 신랑의 친구들을 하나, 둘 무너뜨리기 시작했다. 구미00전자 차장으로 근무했던 친구는 관리하던 하청업체의 영업이사로 들어갔지만, 불경기라 일감이 줄어들면서 결국 눈치가 보인다며 자진 사퇴를 했다. 그 후, 2년 동안 집에서 쉬면서 한·중·일식 요리자격증을 취득했는데, 결국 원하던 창업으로 이어지지 못하고 현재 지인의 소개로 중소기업에서 일하고 있다. 또 다른 친구는 보험회사 소장으로 12명 친구 중에서 가장 잘나갔던 친구였다. 하지만 그 역시 대형 브랜드에 밀려 고전하다가 자신감 하나로 '종합금융서비스'를 창업했는데, 결국 참패하면서 몇 년을 술로 보냈다.

마지막 친구의 상황도 별로 다르지 않았다. 학교나 단체에 '급식 식자재'를 납품하면서 호황을 이루던 친구였지만, '문어발식'으로 계열사를 확장하다가 자금 압박에 시달리고 있었다. 그러다가 '학교 급식 이상'으로 학생들이 병원에 집단 입원하는 방송이 TV에 보도되면서 결국 추락하여 지금은 '대리운전'으로 생계를 이어가고 있다. 친구들의 어려움을 지켜보면서도 태평하게 있는 신랑에게 나는 이렇게 말했다.

"중간 관리자가 감원 1순위야!"

약간의 필요성을 인식하는 계기가 되었을 뿐, 내 말을 귓등으로만 듣던 신랑에게도 결국 '감원 바람'이 닥쳤다. 신랑은 대표 물류회사인 '00통운' 배차과장으로 19년 동안 근속해 왔다. 회사도 인건비와 관리비를 줄이기 위해 관리하던 화물차를 모두 '지입식(1인 사업자)'으로 바꾸었다. 그러면서 자연스럽게 중간 관리자인 신랑의 업무가 사라진 것이다. 퇴직 후 그동안 고생했으니 집에서 충분히 쉬면서, 천천히 구상해 보라고 말해 주었지만, 사실 내 마음은 착잡했다. 특별한 대안을 준비하지 않은 남편에게 원망스러운 마음도 생겨났다.

처음 한 달 동안은 신랑이 '가정주부'로 생활했다. 시간의 여유와 함께, 여기저기 가고 싶은 곳을 마음대로 다니면서 신랑의 얼굴색은 조금씩 밝아지기 시작했다. 퇴근해서 집에 들어오는 나를 위해 '고생 많았다.'라며 핸드백도 성큼 받아주기도 하고, 식탁에 보글보글 맛있게 끓인 뚝배기 된장찌개를 차려놓기도 했다. 식사 후 디저트로 과일도 울퉁불퉁 깎아서 내오고, 심부름도 잘해주어 호강하며 제대로 '공주 대접'을 받고 지냈다. 하지만 그것도 얼마 가지 못했다. 두 달째 들어서면서 남편은 변하기 시작했다.

낮에 무엇을 하는지, 밥은 잘 챙겨먹었는지, 전화를 하면 주변 소음으로 통화가 어려웠다. 뽀얗던 피부색이 점점 칙칙해져 가면서 생기도 잃어 갔다. 집에 있어야 할 신랑이 가사를 내팽겨 두고 늦게 들어오기 시작했다. 그래서 이유를 물으니, 여기저기 일자리를 알아보고 다닌다고 했다. 뭐든지 가리지 않고 잘 먹던 신랑이었지만, 체력과 보수 등 여러 조건으로 인해 현실에서 새로운 일자리를 찾는 것은 쉽지 않았다. 입맛이 없다며 곡기를 끊고, 시름시름 앓기 시작했던 신랑, 결국 신랑의 친구들이 걸었던 길을 걷게 된 것이다. 준비되지 않은 실직 앞에서 미래에 대한 막연한 불안감이 신랑을 더욱 힘들게 하고 있었다.

그러던 어느 날, 퇴직한 회사에서 연락이 와 새로운 정보를 얻게 되었다. 앞으로 인터넷이 활발해지면서 유통산업의 수요가 확대될 것이니, 미리 '대형 특수면허'를 따놓으라는 얘기였다. 00통운이 H의 물류를 본격적으로 다루면 '화물운전자'가 필요하게 되고 중장년의 일자리로 다소 힘은 들지만, 취업과 수입이 보장된다는 것이었다. 그 날부터, 신랑은 '면허시험장'으로 출근했고, 결국 얼마 후 대형 특수 면허증을 취득했다. 매천시장에 농산물을 납품하는 시동생의 차로 연수도 미리 해 놓았다. 다행히 그런 준비 덕분이었을까. 지금은 1인 '개인사업자'가 되어 그 일을 이어가고 있다.

H의 물류창고는 경남 밀양에 있어 대구에서 출발하면 2시간 걸린다. 금전적, 환경적으로 기존과 많이 다른 생활에 힘들어하는 모습을 보고 '밀양으로 집을 이사할까?'라고 물었더니, 자기 하나만 고생하면 주변 사람 모두가 편하다고 말하는 사람이 바로 신랑이다.

인생의 현자들은 말한다.

"배우자와 근본적으로 비슷할수록 더 만족스런 결혼생활을 유지할 수 있다."

그들의 말이 결코 틀리지 않은 것 같다. 키 크고 잘생긴 사람은 아니었기에, 지금까지 공주 대접 받으며 살아올 수 있었다. 똑똑하지 못하여 손해를 본 일도 있었지만, 오히려 그 일이 '복'을 만들어 내기도 했다. 많은 돈을 벌지는 못했지만, 근면하고 성실한 성격 덕분에 그 흔한 은행 대출 없이 살아가고 있다. 겉모양이 투박하고 촌스러워도, 그 속에 담겨 있는 신랑의 '알뜰한 책임감'은 내게 살아갈수록 믿음과 신뢰를 쌓아주고 있다. 조상 대대로 내려온 종갓집의 투박한 항아리처럼, 장맛에 의해 항아리가 빛나는 것처럼, 살아갈수록 더욱 그 빛을 더해가는 신랑을 보며 나는 오늘도 이렇게 말한다.

"뚝배기보다는 장맛이야!"

머리발, 여자의 변신은 무죄다

#1 속지 말자-조명발, 다시 보자-화장발

산업화의 물결로 우리나라의 경제 성장 동력이 가장 활발했던 시기가 1970~80년이다. 당시 우리나라는 정치, 경제, 군사, 문화, 모든 부분에서 불안정한 변화가 이뤄지고 있었다. 나는 그중 '문화'에 대한 이야기를 해주고 싶다.

문화. 제일 먼저 청소년들이 소비주체로 떠오르면서, 당시 나이트클럽, 롤러장, 음악다방 등이 젊은이들에게 인기가 높았다. 그러면서 자연스럽게 그런 분위기에 어울리는 색조화방(화장발), 조명(조명발), 즉 변신을 하기 위한 치장발이 대세였다. TV 화장품 광고에서 "여자의 변신은 무~죄"라며 여성들의 입지를 직, 간접적으로 지원해 주기도 했었다. 지금 시대는 어떤가? 시간이 지나면서 무수한 '발'이 생겨나고 있다. 화장발, 조명발 외에도, 성형발, 옷발, 머리발 등. 수많은 '치장발'이 생겨나고 있다. 나는 그 중 '절대지존'인 '머리발'에 대한 얘기를 하고 싶다.

'아름다움의 대명사' 하면 떠오르는 인물이 있다. 바로 이집트 최후의 여왕 클레오파트라. 그녀를 상징하는 대표적인 '트레이드마크'는 '진한 눈썹'과 앞뒤가 잘록한, 칠흑 같은 '단발머리'다. 감히 누구도 그녀에게 도전할 수 없는 강력한 '힘'이 느껴지는 '머리발'이다. 사람뿐 아니라 동물에게도 '머리발'의 위엄을 찾아볼 수 있다.

동물의 제왕 '사자'를 생각해 보자. 특히, 바람을 가르며 산 정상에 우뚝 서 있는 수사자의 '갈기'는 보는 것만으로도 '황홀'하고, 권위가 느껴진다. 삽시간에 주변을 제압하고도 남는다. 그래서일까. 암사자와 같이 있을 때, 수사자는 절대 '먹이 사냥'을 하지 않는다. 오히려 암사자들이 포획한 먹이를 우선순위로 먹을 수 있는 '특권'만 행사할 뿐이다.

어느 날 미용실 문을 조심스럽게 열면서 남자 손님이 들어왔다. 처음 보는 얼굴이다. 정보가 없으니 머리부터 발끝까지 천천히 살펴보았다. 나이는 40대 중·후반, 중간 정도의 체구에, 목이 굵고 짧다. 지금의 머리 스타일은 옆선과 뒷머리를 길게 뺀 스타일인데, 전체적으로 답답해 보였다.

"어떻게 자를까요?"

"휴~!"

한숨을 내쉬는 손님, 다시 물었다.

"머리 자른 지 한 달 정도 됐나요?"

"대충 그 정도 될 겁니다."

"별다른 주문이 없으면 같은 스타일에 기장만 조금 잘라드리면 될까요?"

한참을 머뭇거리던 손님이 말한다.

"어떻게 잘라야 하는지 모르겠습니다."

머리를 자르러 미용실에 왔으면서, 자기의 일이면서 도무지 의욕이 없어 보인다. 어린애도 아니고 이럴 때는 정말 황당하다. 머리 자를 때는 항상 집사람이 동행해서 앞머리, 옆머리, 뒷머리 하나하나 지적하면서 잘랐기 때문에 자신은 모른다고 말하는 손님에게 용기 내어 말을 건넸다.

"그럼, 차라리 제가 알아서 얼굴형에 맞게 잘라 드리면 어떨까요?"

알 수 없는 애매한 미소에 초조한 기색이 역력하다. 전체 머리를 매만지면서 물었다.

"이 스타일이 본인 마음에 드세요?"

관리하기 힘들어서 마음에 안 들지만, 아내의 강요 때문에 그대로 유지해야 된다고 말하는 손님에게 다시 물었다.

"본인은 어떤 머리를 원하세요?"

빠른 대답이 돌아왔다.

"짧은 상고머리."

역시, 그는 자신에게 잘 어울리는 머리를 알고 있었다.

"그럼, 상고머리 하세요. 제가 봐도 그 스타일이 손님에게 잘 맞습니다."

자신도 그러고 싶지만, 집에 가면 아저씨처럼 잘랐다고 잔소리를 듣는다고 걱정하는 손님에게 말했다.

"가정의 평화도 좋지만, 머리카락은 손님의 신체 일부이기 때문에, 손님이 편하고 좋은 것이 제일입니다!"

그리고 거기에 살짝 덧붙여 말해주었다.

"전문가인 제가 봐도 손님이 원하는 스타일이 본인에게 더 잘 어울립니다."

그 말에 확신을 얻었는지, 힘이 생겼는지. 결국 '상고머리'를 하기로 결정했다. 샴푸 후, 거울에 비춰진 자신의 모습에 행복해하며 떠났던 얼굴이 눈에 선하다. 문을 나서면서 연거푸 "너무 가볍고, 깔끔합니다. 고맙습니다."라고 말하던 그의 짧은 상고머리가 그의 '발'을 제대로 살려 주었는지 문득 궁금해진다.

맛있는 음식을 먹으면 하루가 즐겁고, 예쁜 옷을 사면 일주일이 즐겁고, 마음에 드는 헤어스타일을 하면 한 달이 즐겁다는 말이 있다. 육십이 다 되어가던 어떤 손님도 기억에 남는다. 그분을 보면, "내 나이가 어때서"라는 노래가 절로 나왔다. 얼굴이 주름지고, 삶의 연륜이 느껴지는 그녀였지만, 젊게 살기 위한 몸부림만큼은 누구에게도 지지 않을 것 같았다. 그녀의 헤어스타일은 엉덩이까지 내려오는 긴 머리의 "빽파마"이다. 일명 폭탄머리. 바캉스 시즌이 되면, 십대나 이십대들이 기분전환으로 한 번씩 시도하는 '머리발'이다.

나이 든 그녀가 빽파마를 하는 이유는 단 3가지라고 했다. 첫째는 젊고 활동적으로 보인다는 것. 둘째는 긴 머리는 돈이 적게 든다는 것, 그리고 마지막은 흔한 머리가 아니어서 주목 받을 수 있다는 것이다. 나름 치밀한 전략이었다. 젊어 보이고, 돈 아끼고, 주목 받을 수 있다는 그 전략이 여전히 효과가 있는지 모르겠다. 잘은 모르지만, 지금도 그녀는 당당하게 빽파마로 '머리발'을 지켜내고 있을 것 같다.

미용실을 하면서 만나는 사람들이 한둘이 아니다. 그 과정에서 얻은 중요한 사실이 있다면, 그것은 '유행 따라 가지 말라.'는 것이다. 유행 따라 세련되고, 어려 보이게 만드는 것보다는 자기 얼굴형의 단점을 보완하면서 스스로 편하게 관리할 수 있는 헤어스타일이 최고라고 생각한다.

첫인상의 70~80%가 헤어스타일에서 나온다는 말처럼 '머리발'은 중요하다. 그래서 오랜 시간 미용일을 해오면서 나름대로 터득한 "헤어스타일과 성격" 그리고 "얼굴형에 맞는 헤어스타일"을 한번 정리해 둘까 한다.

#2 헤어스타일과 성격

1)쇼트커트: 대부분 터프하고, 자신감이 넘친다. 이론적이고, 이성적인 성격의 소유자로서 책임감이 강하고, 자기주장이 강한 편이다.

2)단발머리: 시원시원한 성격에, '고집'이 세고, '머리 회전'도 빠르고, '행동력'도 있으므로 사랑, 일 모두 가져야 하는 욕심쟁이다.

3)V헤어라인(앞 이마를 드러내는 스타일): 불평불만이 적고, 긍정적인 마인드의 소유자로 대인관계가 원만하다.

4)긴 머리: 감성적이다. 심지가 강하고, 냉정한 판단에 뛰어나고, 평화주의자다. '미의식'이 높아 완벽주의 성격이다. '연애'에서 여성적인 성향이 강하고 '외로움'을 잘 타는 성격이다.

5)포니테일(머리 전체를 뒤로 묶는 것): 활동적인 것을 선호하는 스타일로 성숙하고 야무진 성격이다.

#3 얼굴형에 맞는 헤어스타일

1)계란형: 가장 이상적인 얼굴형으로 인식되며 대체로 여러 헤어스타일을 소화할 수 있는 얼굴형이다. 대담하고, 화려한 스타일도 잘 어울리기 때문에 평소 하던 스타일만 고집하지 말고 자유롭게 변신해 보길 제안한다.

2)역삼각형: 넓은 이마와 가는 턱을 가진 형으로서 빈약한 턱을 보완할 수 있는 '스파니엘 보브 단발'을 추천한다. 부드럽고 귀여운 이미지를 연출할 수 있다.

3)둥근형: 얼굴을 갸름하게 연출하는 것이 관건이다. 탑 부분 풍성

하게, 옆머리 차분하게, 턱선을 타고 감싸듯 내려오는 스타일을 추천한다. 실제 나이보다 어려 보이는 경향이 있다.

4)네모난 형: 얼굴형 자체가 남성스럽게 보이는 경향이 있다. 머리 기장은 중간 기장이 가장 좋고, 전체 형태는 얼굴을 감싸듯이 곡선으로 연출하면 좋다. 그러면 귀엽고, 섹시하고 여성스런 느낌을 줄 수 있다.

5)긴 형(장방형): 얼굴길이가 짧게 보이게 연출하는 것이 핵심이다. 먼저 헤어스타일의 길이는 턱선보다 짧게 하여, 귀밑 부분에서 풍성한 웨이브를 넣게 되면 긴 얼굴을 짧아 보이게 할 수 있다.

사람 신체에서 가장 눈에 띄는 부위가 '머리'이다. 아무리 좋은 '명품 옷'을 입어도 '헤어스타일'이 어울리지 않으면, 2% 부족한 느낌이다. 반면 가벼운 옷차림이지만, '헤어스타일'이 완벽하게 어울리면 그 느낌은 더욱 선명해진다. 무언의 강력한 '힘'을 내포하고 있는 머리발. 나는 여전히 수많은 치장발 중에 '머리발'이 최고라고 생각한다.

효자 남편의 최대 수혜자는 누구?

#1 내가 패물이 좀 있는데 모두 니 줄 끼다

효자 남편. 부모에게는 좋을지 몰라도 마누라는 답답하고 어려울 때가 많다. 오늘도 한바탕 했다. 일은 이러했다. 돌아가신 시어머니는 아들만 내리 다섯을 두셨는데, 그 중 며느리는 3명이다. 둘째 며느리인 나를 유독 아끼고 챙기셨는데, 누구보다 '솔직하고 쾌활하다는 것'이 이유였다. 일하는 며느리를 위해 솜씨 좋은 어머님은 김치와 밑반찬들을 수시로 챙겨 주셨는데, 그 덕분에 신혼 초 '요리에 대한 부담감'을 떨칠 수 있었다. 시어머님의 그런 마음이 고마워 용돈을 조금 더 챙겨드리면서 살다 보니, 어느새 누구보다 허물없이 정답게 지냈다. 그 때문이었을까. 어머님은 늘 말씀하셨다.

"내가 패물이 좀 있는데 모두 니 줄 끼다!"

세월은 흘러 크고 작은 상처들로 인해 병원을 드나들던 시어머님께서 또 병원에 입원하게 되었다. 엉덩이에 작은 '괴사'가 생겨 그것을 도려내야 한다는 것이었다. 엉덩이 괴사. 젊은 시절, 급하게 버스를 타는데 갑자기 출발하면서 바닥에 떨어지는 바람에 한쪽 다리를 다치셨던 걸 제대로 치료하지 못한 것이었다. 비싼 병원비 때문에 병원 갈 엄두를 못 내고 지내다가 다리에 고통이 느껴지면 집 주변의 작은 병원에 가서 주사를 맞고 돌아오는 것이 전부였던 것이다. 그리고 결국 그것이 엉덩이 괴사까지 이어진 것이다.

큰 병원으로 옮겼을 때, 시어머님의 증세를 진찰한 의사는 간단한 수술이라 입원해서 3일만 있으면 퇴원할 수 있을 거라 말씀하셨다. 다행히 당시 일을 하지 않고 있었던 동서가 보호자로 자청해 주어, 큰 걱정 없이 수술이 진행되었다. 그런데 문제가 생겼다. 수술을 집도한 의사의 얘기가 썩은 사과 도려내듯 하면 될 것 같았는데, 막상 수술을 시작하고 보니 괴사부위가 너무 깊어 뼈 가까운 곳까지 도려내었다는 것이었다. 그로 인해 입원기간은 3일이 아닌 1달을 넘겼고, 보호자로 자청했던 동서의 어려움은 갈수록 커져갔다. 그런 동서를 지켜보던 시어머님, 결국 이렇게 말씀하셨다.

"내가 패물이 좀 있는데 다 니 줄 끼다!"

이런저런 패물 이야기에 대해 아버님도 이미 알고 계셨다. 그 일이 있은 후 몇 년이 지났고, 갑자기 시어머님은 돌아가셨다. 시어머님의 유품을 정리하던 아들들이 시어머님의 패물을 발견하게 되었고, 각자 집으로 돌아가 그 소식을 전했는데 그 과정에 문제가 생겼다. 생전에 패물을 주기로 약속했던 나와 동서는 그렇다 치더라도, 약속의 기억조차 없는 형님이 "그건 모두 맏며느리 것이다!"라고 했다는 것이다. 이 일로, 아버님의 고심은 깊어져 갔고 결국 아버님께서 결정을 내리셨다.

"세 명 모두 똑같이 나눠줄 것이다!"

시어머님 사별 후, 적적해하시는 아버님 모습이 안쓰러웠던 남편은 일요일이면 시댁에 들러 아버님의 말벗이 되어주면서 하루해를 넘기곤 했다. 아침 일찍부터, 아버님과 목욕을 가기로 했다며 집을 나서면서 12시까지 집에 와서 오후에 친정 엄마와 조카를 데리고 바람을 쐬러 가기로 약속한 날이었다.

집안청소를 끝내고 시간을 보니 오후 2시가 다 되었는데, 연락이 없었다. 문자로 "언제 오느냐."고 했더니, 지금 점심을 먹고 있다며, 곧 올 거라는 답장이 왔다. 얼마 후 남편이 도착했고, 친정 엄마와 조카를 데리고 '화원유원지'로 향했다. 화원유원지에 도착해 차에서 내리면서 남편이 말했다.

"저녁에 아버지가 집에 왔다 가라고 하셨어."

짐작되는 바가 있어 "혹시 패물 때문이야?"라고 물었다.

일찌감치 패물을 포기하고 있었던 데다가, 남편이 자꾸 '어머니의 유물'이라며 얘기하는 것에 적잖이 지쳐있었던 나였기에, 일초의 망설임도 없이 말했다.

"나는 필요 없으니 아버님 용돈에 보태 쓰시라고 해. 아니면, 형님 다 드려도 되고."

#2 효자 남편을 둔 마누라는 힘들다

아직 감기 기운이 남아 있었던 탓일까. 컨디션이 좋지 않았다.

아무래도 안 될 것 같아, 아버님께 가자고 말하는 남편에게 얘기했다.

"패물은 급한 것 아니니까 나중에 가고, 날도 추우니 밥 먹고 빨리 집에 가자."

저녁 메뉴로 '찜'을 정하고, 우리는 서둘러 차를 몰아 달려갔다. 남편이 추천한 장소는 시댁 근방으로, '혹시나'하는 마음이 생겼지만 이미 맛집으로 소문이 난 곳이라 일단 그곳에서 저녁을 먹기로 했다. 저녁을 먹고 나와 차를 몰기 시작하는 남편, 아무래도 느낌이 이상했다. 시댁으로 가는 방향이었다.

"집에 가."

"집으로 가자고."

"잠시, 패물만 받고 가자!"

"잠깐이면 되잖아."

계속 앵무새처럼 같은 말만 반복하는 남편 때문에 나는 엄마와 조카가 있다는 사실도 잊고 폭발해 버렸다. 당사자도 아니면서 '패물'에 연연하는 남편의 행동이 이해되지 않았다. 거기에 "몸도 좋지 않은데, 갔다가 어떻게 패물만 받고 금방 오겠느냐?"라는 얘기에 남편은 도리어 큰 소리로 금방이면 되는 일을 고집 부린다며 화를 내었다. 언성이 높아질 대로 높아진 그 순간, 남편이 차를 세우더니 내려 버렸다. '더 이상의 타협은 어렵겠다.'는 생각을 한 나는 운전석으로 옮겨와 차를 돌려 집으로 돌아왔다. 남편을 그대로 내버려 둔 채.

사실 우리 내외가 친구처럼 다정한 것은 누구보다 아버님이 잘 아신다. 그리고 아버님은 급한 성격도 아니시다. 분명 오전에 아들이 오자 같이 목욕하고 점심을 먹으면서 패물을 똑같이 나누어 놓았으니, 나중에 하나 가져가라는 얘기를 하셨을 것이다. 하지만 아버님의 그 이야기에, 남편은 오후 일정이나 몸이 아픈 나를 전혀 배려하지 않고, "저녁에 이 사람 데리고 같이 오겠습니다."라고 얘기했을 것이다. 내가 더 속상했던 부분은 그 부분이었다. 처가의 일정이나 나를 전혀 생각하지 않는 행동, 그 행동에 더 화가 났던 것이다. '효자남편은 어렵다.'라고 하더니, 정말 그렇구나 싶었다.

#3 효자 남편의 최대 수혜자는 바로 '나'
하지만 시간이 약이라고 했던가. 흥분했던 감정이 서서히 가라앉기 시작했을 때, 남편이 들어왔다. 문 여는 소리에 시계를 보니, 저녁

11시가 넘은 시각이었다. 평소와는 다르게 미동도 하지 않고, 책만 보고 있었다. 그런데, 바로 그때 무엇인가 '툭' 하고 책 위로 떨어졌다.

"아버지의 선물이다!"

그 말 한마디만 전해주고는 서둘러 욕실로 들어간 남편, 샤워기의 물소리가 평소보다 훨씬 요란했다. 나는 예쁘게 포장된 선물상자를 조금씩, 조금씩 뜯기 시작했다. 반짝반짝 빛이 나는 세련된 팔찌. '시어머님의 유물'이 아니라, 세련되고 아름답게 빛나는 팔찌가 있었다.

팔찌를 꺼내 반대쪽 손바닥 위에 살포시 얹어 놓고 가만히 바라보는데, 이유를 알 수 없는 눈물과 함께 주체할 수 없는 감정이 복받쳐 올라왔다. 이미 돌아가신 시어머님에 대한 그리움과 연세 많은 아버님의 세심한 배려, 그리고 그것을 하루라도 빨리 전해주고 싶어 했을 남편의 마음까지 모든 것이 한꺼번에 밀려왔다. 그리움, 감사함, 미안함, 주체할 수 없는 감정들로 인해 그 자리에서 소리 내어 울고 말았다.

그 소리에 놀란 남편이 욕실에서 뛰쳐나왔다. 아버님의 선물을 두 손으로 꼭 부여잡고 울고 있는 나의 모습이 무엇 때문인지 남편은 아는 것 같았다. 나이 많은 사람들이 쓰던 물건은 젊은 사람들의 취향과 많이 다르다는 얘기에 젊은 사람들이 좋아하는 디자인으로 새로 3개 만들어서 그 중 1개를 나의 몫이라며 건네주셨을 아버님이다. 작은 것이라도 얼른 아내에게 전해주고 싶었을 남편이다. 고맙고 감사한 마음에 대해 늘 '당연하다.'라고 여겼던 내가 한없이 부끄러워졌다.

사람은 누구나 태어나고, 늙고, 병들고, 죽는 것을 피할 수 없다. 한 분 계시는 아버님마저 병으로 돌아가시고, 지금은 곁에 없다. 가만히 돌이켜 생각해보니, '아버님에 대한 효자남편'은 잠깐이었던 것 같다.

내가 살면서 확실히 알게 된 것이 있다면, '편안하고, 잘 챙겨주는 사람'이 최고라는 사실이다. 그런 점에서 천성이 '허허실실'이고, 긍정적이며 항상 웃는 얼굴의 남편. 자상하고, 가정적이라 패물 챙기듯, 나를 잘 챙겨줄 것 같다. 그래, 어쩌면 효자남편의 최대 수혜자는 바로 '나'일지도 모르겠다.

삶의 여행을 하는 동안 사랑하는 법을 배워야 한다.
당신의 임무는 사랑을 찾는 일이 아니다.
누군가 옆에 있다는 것은 사랑에서, 삶에서, 그리고 죽음의 순간에서도, 가장 중요한 일이다.

-엘리자베스 퀴블러의 『인생수업』에서

잘 물든 단풍은 화려한 봄꽃보다 아름답다

내가 너희들에게 딱 한마디만 해줄게. 60이 넘어서도 자기를 즐겁게 해줄 수 있는 게 뭔지 찾아봐. 그걸 지금부터 슬슬 준비하란 말이야. 내가 왜 이 나이 먹고서도 매일 술을 마시는지 알아? 빈 잔이 너무 허전해서 그래. 빈 잔에 술 말고 다른 재미를 담을 수 있다면 왜 구태여 이 쓴 걸 마시겠어? 닥치는 대로 부딪쳐 봐. 안 해 본 일이라서 망설이게 되는 그런 일일수록 내가 찾는 것일 수도 있으니까.

　　　　　　　　　　　　　　- 『스물아홉, 1년 후 죽기로 했다』의 책 중에서

　　요즘 주변에서 준비 없이 노후를 맞이해 외롭고 힘들어하는 사람들을 심심찮게 보게 된다. 교육기회가 없었고, 노후를 너무 소홀히 대했던 이유일까. 그들의 모습은 애잔하면서도 위기감을 느끼게 한다. 전 세계에서 '고령화'가 제일 빠른 나라가 '우리나라'라고 들었다. 급속하게 변해가는 우리나라. '저출산'과 '초고령 사회'라는 큰 문제를 껴안고 있지만, 해결방법이 쉬워보이지는 않는다. 준비하지 않으면, '어쩌면 나에게도'라는 생각이 들면서 불안한 미래, 인생의 후반전에 대해 고민하지 않을 수 없었다.

어떻게 하면 주도적으로 살아갈 수 있을까. 어떻게 하면 '사는 대로 생각하는 것'이 아니라, 생각하는 대로 살 수 있을까. 그 궁금함으로 책을 읽기 시작했고, 주변에 조언도 구했다. 그러기를 몇 년, 나름 대로 '인생 후반전'에 대한 몇 가지 키워드를 정했다.

건강, 일, 관계, 취미

무엇보다 인생 후반전의 우선순위에 올라온 것은 '건강'이었다. 규칙적인 운동으로 건강을 챙기면서, '일'도 삶에 적당히 활력을 줄 수 있을 만큼, 지나치게 욕심내지 않고 이어갈 생각이다.

관계, '가족'을 지금보다 조금 더 챙기면서 '추억이 담긴 스토리'를 만들어 앨범에 기록해 나갈 계획이다. 소원했던 친구와 가끔 만나 소중한 인연을 이어갈 계획이다.

취미, 다행히 취미에 별로 걱정이 없다. 원래부터 하고 싶은 것이 많은 성격이라, 마음이 가는 것에 주저함이 없다. 다만 '그림을 배워야겠다.'라는 마음이 있었는데, 언젠가 그 마음도 행동으로 옮겨볼 생각이다.

그동안 나는 먹고 살기 위해 '해야만 하는 일'에 붙잡혀 살았다. 하지만 책을 읽으면서, 강연을 들으면서 '해야만 하는 일'도 중요하지만, '하고 싶은 일'에 시간을 투자하면서 살아야 한다는 사실을 알게 되었다. '하고 싶은 일'로 채울 나의 후반전에 대한 기대 때문일까, 마음이 더 바빠진 요즘이다. 실용주의철학자 윌리엄 제임스는 말했다.

"생각이 바뀌면 행동이 바뀌고, 행동이 바뀌면 습관이 바뀌고, 습관이 바뀌면 인격이 바뀌고, 인격이 바뀌면 운명이 달라진다."

인생 후반전을 위한 '실천사항'을 표로 만들어놓고, 잘 보이는 곳에 붙여두었다.

1.성장-아침 2시간 책 읽기. 배우고 익혀서 현재 생활을 수정하기 위함이다.
2.운동-수영. 노년의 삶은 '건강'이 '재산'이다.
3.시간 활용-오늘의 핵심 한 가지 해결. 중요한 것을 우선순위로 두기 위함이다.
4.도전-통기타 연습. 혼자서 시간을 잘 보낼 수 있는 수단이다.
5.지혜-일기 쓰기. 나를 반성하고, 지혜롭게 살기 위함이다.

하루하루 실천사항을 체크하다 보면 뿌듯함이 생기고, 새싹이 자라는 것처럼 내 마음도 함께 자라는 느낌이다. 그리고 그 마음은 선순환 되어 의식적으로 '실천사항을 지키려는 노력'으로 이어지고 있다. 급변하는 시대에 '늘 제자리에 있다.' 혹은 '변함없다.'라는 말은 위험할 수 있다. 발전하지 않는, 생각하지 않고 살아가는 사람으로 평가받기 십상이다. 익숙한 것, 편한 것만 쫓다가는 언젠가는 익숙하지 않은 것, 불편한 것만을 해야 하는 상황이 올 수도 있다.

'인생 이모작'은 이제 낯선 용어가 아니다.

후반 인생을 위해 끊임없이 배워야 하고, 삶의 방식을 수정하면서 익숙했던 것들과도 결별할 줄 알아야 한다. 새로운 자극과의 만남도 두려워하지 않아야 한다. 용기와 친해질수록 삶은 더욱 풍성해진다고 생각한다. 나이 육십을 넘어 채우는 것이 '쓰디쓴 술'이 아니라, '일상의 소소한 행복'이기를 원한다. '아침 2시간 책읽기'는 내 삶을 긍정적인 방향으로 이끌어가면서 배움의 즐거움과 함께 '성장'에 목말라하는 '나의 자존감'을 높여줄 것이다.

'수영'은 가장 하기 싫고 힘들지만, 노년의 삶에 있어 최우선이니, 일주일에 3번 규칙적으로 가서 건강 유지에 노력을 다할 것이다. 중요한 것을 우선적으로 해결해 나가면서, 훗날 후회를 줄이기 위해 노력할 것이다. 아무도 놀아주지 않을 때, 혼자서도 즐겁게 시간 보낼 수 있도록 기타 배우는 일에도 소홀히 하지 않을 것이다.

일기를 통해 하루를 반성하고, 또 앞으로의 삶을 아름답게 만들어갈 것이다. 가족, 친구, 나와 생각이 같은 좋은 사람들과의 인연에도 소홀함이 없도록 노력할 것이다. 인생 후반전, 나이 들었어도 주위 사람 귀찮게 하지 않고 혼자서도 꼬물꼬물 잘 노는 모습의 '지혜로운 어른'이 될 수 있도록 최선을 다할 생각이다.

나는 믿는다.

"나는 매일매일 모든 면에서 점점 나아지고 있다!"라고.

Part 07
조재자

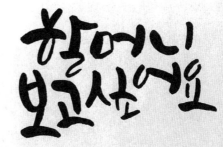

요가강사

요가강사 경력 7년, 줌마로서 첫 번째 도전으로, 두려움과 고통을 극복해 얻은 열매이다.

두 번째 또 다른 도전이 된 글쓰기.

'삶'이라는 과제에 무엇을 담을 것인가.

'비워내고 덜어내자'를 인생의 좌우명으로 삼고 있는 "힐링여인"이다.

네이버 블로그 "J3 담장넝쿨" : http://blog.naver.com/jjjc7001

지금 이 순간, 너의 시간을 소중히 하라

담쟁이 넝쿨은 언제나 그곳에 있었다. 난 담쟁이에 가까이 갔지만 그것을 발견치 못했을 수도 있었지만, 내가 보았으므로, 그리고 느꼈으므로 담쟁이는 나의 시선에 머물렀고, 기쁨의 탄성을 자아낼 수 있었다.

- 『인연』(최인호) 중에서

2016년 3월의 어느 아침. 아이들을 다독여 학교로 등교시키고, 집안 정리를 한 후, 달콤한 커피 한잔으로 여유를 부리고 있는 순간, 한 통의 전화가 왔다. 책 읽기와 도서 정리팀으로 학교 도서관에서 같이 봉사했었는데, 지금은 자녀가 졸업을 한 후라 안면만 알고 있는 학부모였다. 현재 본동복지관 소속 노인요양사회복지사로 근무하고 있다며 "혹, 어르신봉사 해줄 수 있나요?"라고 물어왔다. 평소에도 봉사에 뜻이 있었던 나였기에, '나의 소망'이라 말하며 흔쾌히 승낙했다.

　매주 월요일, 어르신 체조봉사를 위해 3km 정도의 거리를 걸어간다. 약 30분 정도의 시간이 걸리는데, 약간 비탈진 언덕길에서 만나게 되는 이름 모를 잡초들과 길가 옆 담벼락을 지키는 담쟁이넝쿨에게 늘 마음이 뺏긴다. 긴 겨울을 지나 따스한 봄날에 아지랑이 피어오르듯 새순을 틔우던 게 엊그제 같은데, 푸르른 잎사귀를 한껏 뽐내며 더 높은 곳을 향해 풍성하게 가지를 뻗어내는 모습이 사랑스럽다. '오늘 이 시간이 어제 죽은 이가 그토록 바라던 내일이다.'라고 했던가. 신비스럽고 오묘한 자연의 조화에 감탄사가 절로 나오는 순간이다.

저것은 벽
어쩔 수 없는 벽이라고 우리가 느낄 때 그때,
담쟁이는 말없이 그 벽을 오른다.
물 한 방울 없고
씨앗 한 톨 살아남을 수 없는
저것은 절망의 벽이라고 말할 때
담쟁이는 서두르지 않고 앞으로 나간다.
한 뼘이라도 꼭 여럿이 함께 손을 잡고 올라간다.
푸르게 절망을 다 덮을 때까지
바로 그 절망을 잡고 놓지 않는다.
저것은 넘을 수 없는 벽이라고 고개를 떨구고 있을 때

담쟁이 잎 하나는
담쟁이 잎 수천 개를 이끌고
결국 그 벽을 넘는다.

-담쟁이(도종환) 전문

절망의 벽에서 또 다른 희망의 싹을 틔워내며, 찬바람이 스치는 겨울 눈 속에서 굳건히 자리를 지켜낸 담쟁이 넝쿨. 그 사이를 행진하듯 기어오르는 새로운 생명들이 눈에 띈다. '개미'였다.

'어디로 향하고 있는 것일까?
'무엇을 찾아 가는 것일까?
'새로운 보금자리를 찾아가는 걸까?

개미들이 향하고 있는 곳으로 시선을 돌렸다. '개미들의 왕국'이 보인다. 집을 보수하는 것인지, 수많은 개미들이 끊임없이 땅 아래에서 흙더미를 밖으로 물어 나르고, 먹이를 찾아 쉼 없이 움직이고 있다.
무심코 지나쳤더라면 결코 볼 수 없었던 개미들의 세계. 그것은 감동 그 자체였다. 개미들은 이미 알고 있었다. 세상을 어떻게 살아가야 하는지. 세상은 혼자 살아가는 것이 아니라, 함께 살아가야 한다는 것을 한 번 더 깨닫는 순간이다.

인류는 삼백만 년 전부터 존재해 왔지만 개미는 무려 1억 년 전부터 존재해 왔다.

개미는 그렇게 오랜 시간을 환경에 적응해 오면서 인간이 갖지 못한 지혜를 갖게 되었다.

작은 개미를 관찰함으로써 인간이 나아갈 방향을 보여주고 싶다.

개미는 사실 인간보다 더 진화되어 있다고 전한다.

- 『개미』(베르나르 베르베르) 중에서

사실 책과 완전히 담을 쌓고 살아온 날들이 많았다. '책'과 '시간'에 대한 소중함을 잊고 '살리는 삶'이 아니라 '허비하는 삶'을 보냈었다. 지루한 하루의 해가 서산으로 넘어가면 당연히 내일이 오는 것처럼, '시간의 소중함'과 '책의 필요성'을 놓치고 살았다. 가끔 아쉬운 생각에 발버둥을 쳐 보기도 하고, 담금질을 해보기도 했지만 얼마 가지 않아 제자리도 돌아왔다. 그렇게 지내던 어느 날, 우연히 『독서천재 홍대리』를 읽게 되었는데, 새로웠다. "바로 이것이구나!"싶었다. 목마른 갈증이 해소되는 느낌과 함께 '책 속에 길이 있다.'는 느낌이 너무 좋았다. 『독서천재 홍 대리』에서 이지성 작가는 말했다.

"독서는 꿈을 현실로 만들어주는 강력한 수단이다. 누구나 다른 사람의 인생이 아닌 자신만의 꿈을 위해 살 수 있다."

책을 읽는 내내 행복했다. 그리고 즐거움에 '달서 독서마라톤 대회'도 신청하기도 했었다. 넉 달 동안 다독의 꿈을 안고 10km를 마라톤 하듯 책을 읽었는데, 비록 완주는 못 했지만, 그때의 경험은 지금도 내게 무엇과도 바꿀 수 없는 큰 자산이 되고 있다.

시간은 흘러가는 물과 같아서 흘려보내기 일쑤이고, 두 손으로 잡으려고 해도 어느 순간 손가락 사이로 빠져나가 버린다. 그렇기에 '늘 깨어있어야 한다.'라는 생각을 놓치지 않으려고 애쓰고 있다. 책. 마치 죽마고우(竹馬故友)를 만난 것처럼, 정독을 하고 또 한 번 필사를 하면서 여운을 되씹는 시간이 너무 행복하다.

책은 내게 '또 다른 나의 길'이자, 인생의 선물이 되고 있다.

양서는 처음 읽을 때에는 새 친구를 얻은 것과 같고,
전에 정독했던 책을 다시 읽을 때에는 옛날 친구를 만나는 것과 같다.

-골드스미스(영국의 작가)

호흡명상법, 마음을 평온하게 한다

요가인들에게 명상은 '유심일체'다. '명상'은 마음을 지금, 여기로 데려오는 것을 말하는데, 그 중에 '호흡명상법'이 있다. 호흡명상법이란, '들이마시고 내쉬는 호흡'에 의식을 집중하면서 '호흡을 알아차리는 것'을 목적으로 한다.

그렇다면, 호흡을 알아차린다는 것은 무엇일까. 그것은 마치 고삐 풀린 망아지처럼 의지와 상관없이 떠다니는 마음을 현재로 데려오는 것을 의미한다. 특히 걱정과 두려움이 몰려올 때, 시험이나 긴장되는 일을 앞두고 집중력이 필요할 때, 잠이 오지 않거나 혹은 졸음이 몰려올 때, 우울한 기분이 들 때 호흡명상법이 큰 도움이 된다.

'호흡명상법'은 생각보다 어렵지 않다. 개인적으로 마음이 편안해지는, 명상하기 좋은 장소를 찾아 앉으면 된다. 방석이 있다면 방석을 준비해도 좋고, 의자에 앉아도 상관없다. 중요한 것은 자세가 신경이 쓰이지 않도록, 편안한 자세를 취하는 것이 중요하다. 무엇보다 명상하는 동안 등과 허리가 구부러지지 않도록 주의해야 한다. 얼굴의 안면근육을 활짝 풀어주고, 미간에 힘이 들어가 있다면 힘을 뺀 다음, 등과 허리를 곧게 펴고, 양손은 손바닥 위를 향하도록 무릎 위에 가볍게 올려놓는다.

이제 숨을 깊이 들이마시고 내쉬어 본다. 배꼽 아래 단전에 마음을 집중하면서. 코끝으로 숨이 들어가고 나가는 것을 가만히 관찰하면 된다. 코로 숨이 들어갈 때 아랫배가 일어나고, 코로 숨이 빠져나갈 때 아랫배가 살짝 꺼지는 느낌이 중요하다. 이렇게 숨이 들어오는 것을 '들숨'이라 하고, 숨이 나가는 것을 '날숨'이라 하는데, 들숨과 날숨 반복 속에서 마음이 다른 곳에 가 있었다는 것을 알아차리게 된다. 그러면서 자연스럽게 '마음'을 데려온다. 현재, 깨어있는 이곳으로.

요가수업으로 적어도 일주일에 다섯 번, 자연스럽게 '호흡명상'을 진행하다 보니, 이제는 삶의 일부가 되어 버렸다. 마음의 평온이 필요한 분들. 그런 분들에게 '호흡명상법'을 추천해주고 싶다.

비록 나는 부족함이 있지만 지금 그대로 나를 사랑합니다.
비록 나는 부족함이 있지만 지금 그대로 나를 사랑합니다.
늘 깨어있는 명상법이야말로

시간의 자각과 나 자신의 존재를 일깨울 수 있다는 가르침을 준다.

오늘도 난 명상의 걸음을 한 발자국씩 옮겨 본다.

-정목 스님의 『비울수록 가득하네』 중에서

할머니, 보고 싶어요

초등학교 시절, 시골집 툇마루에 앉아 빗줄기 소리를 들으며 마음을 다독이고, 빗소리에 리듬장단을 맞추었던 때가 생각난다. 안채에서 사랑채로 건너가려면, 슬리퍼에 온통 흙탕물이 튀어 열 발가락 사이로 스며들어 오는 흙 내음 가득한 곳. 비라도 오는 날이면, 빗소리 장단에 기왓장들도 쉬이 잠을 이룰 수가 없던 곳, 문득 그곳이 그리워진다.

그때 나는 할머니와 같은 공간에서 생활했었다. 시골 흙집의 특성상 비 오는 날엔 눅눅한 습기가 쾌쾌한 청국장처럼 코끝을 자극했다. 마당 한쪽 장독대에는 우물이 하나 있었다. 장맛비가 올 때마다 황금색 물결이 넘실대듯 출렁거렸다. 그런 날이면, 두레박으로 물을 퍼내어 때 묵은 장독대를 두 손으로 정성스레 씻어주었다. 그런 다음 높은 툇마루에 올라, 두레박에서 길어온 물을 사악사악 비질한 뜰에 쏟아부어 주면, 마음속의 묵은 때까지 씻기는 기분이 최고였다. 청소를 끝내고 비에 젖은 옷으로 방에 들어서는 내게 할머니는 늘 이렇게 말씀하셨다.

"젖은 옷 입고 방에는 못 들어온다."

깔끔한 성격의 할머니. 방바닥에 빗물이 떨어져 축축해지는 것이 싫으셨던 것이다. 누가 옷 선물을 해주어도 본인 마음에 들지 않으면 입지 않으셨고, 방은 언제나 정갈하게 정리해 놓으셨다. 그뿐이 아니다. 마른 빨래를 갤 때면 손을 다림질 삼아 주름진 곳을 쫙쫙 편 다음, 한 번 더 '쓱' 하고 눌러주셨는데, 그때마다 신기하게도 주름이 사라졌다. 그 영향이 컸던 걸까. 나도 수건을 갤 때면 손은 벌써 다림질할 준비를 한다. '보고 자란 것이 무섭다.'라는 말이 그냥 하는 말은 아닌가 보다.

할아버지 살아생전에 한복과 두루마기를 손수 재단해서 입혀주셨다는 얘기를 고모에게서 전해들은 적이 있다. 솜씨 좋은 우리 할머니. 그런 할머니는 내게 특별한 존재였다. 아버지와 엄마가 농사일로 바빠 자식들을 챙길 여유가 없어 할머니께서 맡아 키우셨다. 그래서 지금도 명절이 되면 돌아가신 할머니의 산소를 오빠들과 찾아뵙고 이리저리 손봐야 할 곳은 없는지 살펴보게 된다.

2016년 5월 8일, 어버이날을 앞두고 둘째오빠에게 전화가 왔다.

"할머니 산소에 같이 가지 않을래?"

　가파른 산길이 살짝 걱정이 되어 두 아이를 데리고 가려니 잠시 망설여졌지만, 이내 마음을 고쳐먹었다. 아이들도 매번 가던 길이라 문제될 것이 없다는 생각에서였다. 할머니가 좋아하시는 소주는 준비하지 못했지만, 그리운 할머니 산소로 발걸음을 옮겼다. 살아생전 할아버지와 많이 다투셨던 할머니, 그래서 묘도 위, 아래로 따로 모셨는데 요즘 들어 부쩍 할머니 생각이 많이 난다.

　중학생이 된 어느 날이었다. 그날따라 가랑비가 내리면서 날씨가 조금 쌀쌀했다. 장에 가신 할머니가 돌아오지 않아, 집에서 기다리던 나는 우산을 집어 들고, 집 밖 공터로 나갔다. 동공을 크게 확장해 할머니의 그림자라도 찾을까 싶어 이리저리 두리번거리기를 십여 분쯤 했을까. 저 멀리 하얀 저고리와 청색 치마를 두르신 모습이 어른거렸다. 머리에 보자기를 이고 빗물 머금고 지친 발걸음을 힘겹게 걸어오시는 할머니 모습. 반가움과 안타까움으로 할머니 품에 달려들었다. 보자기를 건네받으며 "왜 이제 와? 나 배고파."라며 안기면 할머니는 "괜찮다."라며 젖은 옷도 갈아입지 않고 부엌으로 향하셨다. 행여 감기라도 걸릴까 봐 걱정했던 손녀의 마음을 아셨는지 모르겠다.

　비록 없는 살림에도 이웃에게 작은 거 하나라도 나눠주셨고, 베푸는 삶이 무엇인지 어린 손주들에게 보여주셨던 할머니. 할머니가 생각나는 날에는, 이유도 없이 눈물부터 나온다. 고생만 하시다 생의 끈을 놓으려 하실 때, 할머니는 밤새 누워 계셨던 자리에서 한나절을 더 보내셨다. 내가 막 할머니에게 도착했을 때, 이미 말문은 닫은 상태셨다. 하지만 무엇이 불편한지 다리를 계속 움직이고 계셨다. 그 모습이 이상했던 나는 고모와 함께 옷을 갈아입혀 드렸는데, 그제야 몸을 움직이지 않으셨다.

할머니. 자식들과 손자, 손녀, 증손자까지 만나시고는 잠결에 이 세상을 등지고 편안한 곳으로 가셨다. 살아생전 논바닥처럼 갈라진 할머니의 손발 한 번 씻겨 드리지 못했고, 엉킨 실타래 같은 긴 머리카락 한번 빗겨 드리지 못한 미안함은 지금까지도 마음에서 떠나지 못하고 있다.

돌아가신 지 3년쯤 되던 해, 하얀 한복을 정갈하게 입으신 할머니가 꿈속에 나타나셨다. 할머니의 좌우로 검정 옷에 갓을 쓴 두 사람이 호위하고 있었고, 하얀 한복을 입은 수많은 사람들이 할머니의 뒤를 따르고 있었다. 산속 어딘가로 홀연히 사라지시면서 "이제 간다."라고 말씀하시던 할머니의 모습, 지금도 생생하다. 분명 할머니가 가신 그 길은 꽃밭길이었을 것이다. 가끔 할머니는 이런 말씀을 하셨다.

"예전엔 우리 집 땅을 밟지 않고선 마을에 들어설 수 없었다."

하지만 그렇게 넉넉했던 살림살이가 갑자기 기울었고, 할머니는 그런 집안을 일으키기 위해 봄이면 산으로 들로 다니셨다. 쑥을 뜯고, 냉이를 캐고, 산나물을 채취해 가까운 시장에 일주일에 한두 번 정도 내다 팔면서 그 돈으로 생활비를 충당하셨다.

'얼마나 고생하셨을까?'

삶이 고달팠던 할머니는 시름을 잠시 잊기 위해 담배를 피우셨다.

그래서 지금도 산소에 가면 할머니를 위해 오빠들은 담배를 태워드린다.

"할머니 잘 지내시죠?"

"할머니, 손녀도 잘 지내고 있어요!"

요즘처럼 비가 자주 오는 날에는 할머니와 함께 생활했던 시골 툇마루, 기왓장, 갯벌처럼 질퍽했던 흙 내음이 더욱 그리워진다.

할머니, 보고 싶어요.

'엄마'라는 이름

겉으로 보이길 원했던 아이가 이젠 내면의 아이로 상실 없이 삶은 변화할 수 없고, 성장할 수 없듯이 인생의 삶을 제대로 살아가고 있다는 걸 소리쳐 외쳐본다.

— 『인생수업』 중에서 (엘리자베스 퀴블러 로스)

초등 5학년 때쯤, 학교에서 돌아와 보니 온 동네 친인척들이 모두 모여 있었다. 엄마, 가난한 생활들이 고달팠는지 집을 나가셨던 엄마가 돌아온 것이다. 당시 우리 마을은 집성촌으로 모여 살고 있었는데, 마을에 마땅히 '소재거리'가 없던 터라 모두들 신이 난 것이었다. 행동 하나, 말 한마디가 조심스럽지 않을 수 없었다. 평소 주위에서 안부를 물어 와도 반갑지가 않았다. 무슨 꼬투리 잡으러 온 것이 아닌가 싶어 오히려 기분이 나빴다. 어리다는 이유로 어떤 말도 할 수 없었기에 더욱 그랬던 것 같다.

　"두고 봐. 나중에 크게 멋지게 복수해야지."라고 마음속으로 다짐하는 것이 어린 내가 할 수 있는 전부였다. 내 속에 '나'를 감추며, '내가 아닌 나'로 그렇게 하루하루를 버텨내고 있던 차였다. 활짝 열린 대문 안으로 들어서니, 할머니와 고모가 얘기를 나누고 있었다.

　'무슨 일이 있는 것일까?'

　귀를 쫑긋 세웠다. 보고 싶었던 엄마가 집으로 돌아왔다는 얘기에 한걸음에 달려가 엄마 품에 안기고 싶었다. 하지만 엄마의 표정은 밝지 않았다. 마치 와서는 안 될 곳에 온 사람처럼, 나의 시선을 외면했다.

　'왜 그랬을까?'라는 의문과 함께 도무지 이해가 되지 않았던 엄마의 행동들은 결혼을 하고 아이를 낳아 기르면서 조금씩 이해되기 시작했다. 가끔 '엄마도 시대를 잘 타고났더라면 얼마나 좋았을까?'라는 생각도 해본다. 부지런하기로 소문이 나 있었고, 사교성도 좋아 생활고에 허덕일 때 어렵지 않게 돈을 구해왔다. 생활력 하나만큼은 누구에게도 뒤지지 않았던 사람이 바로 엄마였다.

　그러나 부모로서, 아내로서의 역할은 그 기대에 미치지 못했다.

　오빠들이 장가갈 때에도, 내가 결혼할 때에도 엄마는 없었다. 오빠들은 남자다 보니 그럭저럭 견뎌냈겠지만, 나는 아니었다. 엄마의 부재는 내게 '흠'이자, '상처'였다. 오죽하면 상견례 전날, 엄마는 돌아가셨다고 얘기하면 어떨까라는 고민까지 했었으니.

결혼식뿐이 아니었다. 다른 사람들이 친정엄마가 출산 준비물을 이것저것 챙겨준다고 자랑할 때, 나는 혼자서 울음을 삼켰다. 여자는 아이를 낳으면 '진짜 엄마'가 된다고 하는데, 진짜 엄마가 된 다음에도 '엄마. 고마워'라고 얘기할 엄마가 없었다. 조리원에서 '엄마'라는 존재가 울컥 올라와 숨죽여 울었던 적이 얼마나 많았는지 모른다. 실컷 울고 난 후의 시원함으로 스스로를 다독이며 살아왔다.

비바람 속에서 흔들리듯 삶의 무게를 어렵게 지탱해내던 아이가 벌써 마흔을 넘겼다. 인고의 시간들로 켜켜이 쌓아올린 시간들이다. 지금 나는 '앙갚음'이 아니라 '나눔'이라는 두 글자로 살아가기 위해 노력하고 있다. 모든 것을 용서하고 받아들이기엔 아직 시간이 필요하다. 하지만 언젠가는 다른 모든 것들을 대하듯, 엄마에게도 '나눔'을 실천할 수 있을 거라 믿는다. 왜냐하면 나도 '엄마'니까.

난 어느 날 문득 울고 있는 엄말 보았다.

볼 위엔 미처 담지 못한 눈물, 무슨 사연이 담겨 있을까?

그 언젠가 하셨던 말, 어릴 적 사랑받던 이야기들을

눈물 훔치며 하시던 그 얘기들이 오늘도 엄마의 눈 적시는 걸까?

엄마도 소중한 보배 같은 딸이었는데 어느새 엄마라는 이름 때문에

자신도 그 소중한 한 명의 딸이란 사실 잊은 채 지내온 날이여.

이제는 꿈이 된 걸까?

흐르는 눈물 안에 담긴 이야기.

그토록 소중한 보배 같은 딸이었는데

어느새 엄마라는 이름 때문에

자신도 그 소중한 한 명의 딸이란

사실 잊은 채 지내온 날이여

그렇게 지내온 수많은 날이여.

엄마라는 그 이름 사랑합니다.

—이승철의 '마더'(그 시절, 나를 다독여주었던 노래)

행복의 열쇠를 남에게 넘기지 마라

그와의 추억을 떠올리면 생각나는 노래가 있다.

별처럼 수많은 사람들 그중에 그대를 만나 꿈을 꾸듯 서로 알아보고
주는 것만으로 벅찼던 내가 또 사랑을 받고 그 모든 건 기적이었음을

– '그 중에 그대를 만나'(이선희 노래) 중에서

새싹이 올라오는 봄 햇살이 화창한 날, 그가 나에게 걸어오고 있다.

그와의 첫 만남은 추운 겨울이었다. 그는 짙게 드리워진 검정 코트
에 진회색 목도리, 짧은 스포츠머리를 하고 지적인 인상을 풍기는 금
색 안경을 끼고 있었다. 키는 어림잡아 170cm쯤 되어 보였고, 살이

오를 대로 오른 얼굴과 선이 굵은 체격으로 카페의 문을 열어 성큼성큼 들어왔다.

여기저기 두리번거리는 모습을 물끄러미 바라보고 있던 나와 눈길이 마주쳤을 때, 수줍은 나는 시선을 어디에다 둬야 할지 몰라 고개를 숙였었다. 내가 좋아하는 중저음의 목소리를 가진 그와 나는 씨실과 날실의 운명적인 만남처럼, 그날 연인으로 발전하게 되었다.

우리가 만나게 된 배경은 이렇다. 13년 전 인터넷이 보급되지 않았던 그때, PC방이 유행했었다. 온라인 채팅으로 수많은 인연이 만들어지던 바로 그때였다. 그날도 집으로 퇴근한 후, 채팅창을 열어 메일을 확인하는 중에 "띵똥" 하는 초대알림이 도착했다. '세상지기'라는 닉네임을 가진 이의 초대였고, 나는 그 초대를 받아들였다. 그때 사용하던 닉네임이 '이슬어지'였는데, 지금도 블로그에서 아이디로 사용하고 있다.

거의 매일 채팅창으로 하루 일과를 주고받으면서 기쁘고, 속상한 일을 나누던 때였다. 9개월 정도 흘렀을 때, 문득 나는 그의 목소리가 궁금해졌다. 그래서 용기 내어 휴대전화 번호를 물어보았고, 몇 번의 통화와 주기적인 메신저를 주고받았다. 그러나 만남은 이루어지지 않았다. 그 역시 먼저 "만나자."라는 말도 없었다. 알 수 없는 마음으로 불편해하던 중 어느 날, 회사 회식을 마치고 술의 힘으로 늦은 시각 그에게 전화를 했다. 나의 마음을 알았던 걸까. 그는 기꺼이 나와주었다.

그날 이후, 상황은 많이 달라졌다. 내가 일하던 곳이 그의 회사 근처에 있었던 덕분에 그는 우리 매장으로 퇴근한 적이 있었는데, 조금의 망설임도 없이 테이블에 앉아 당당하게 자신의 일을 하는 모습에 매장 사장님도 그를 마음에 들어하셨다.

우리들은 행복했다. 헤어지기가 싫어 자정을 넘기는 것도 다반사였다. 차가 없던 그였기에, 택시로 나를 데려다 주었다. 오가는 택시비만 해도 왕복 2만 원. 그에게 적지 않은 돈이었다. 나로 인해 자동차의 필요성을 느껴 운전레슨을 받았다는 얘기는 한참이 흐른 후 알게 되었다. 지나온 나의 시간들이 불완전했기에 그와 같이 있는 것만으로도 감사했었고, 누구보다 나를 아껴주는 고마움과 사랑에 마냥 행복했었다.

화이트데이 날, 그가 사탕 대신 책 한 권을 쓱 건네주었다. 책장을 열어보니 나의 이름 한 자 한 자를 찾아서 형광펜으로 칠해 놓았다. 그리고 '사랑해.'라는 글자도 함께 적혀있었다. 어리둥절한 내가 그에게 "이게 뭐냐고?" 물었고, 그는 "우리 결혼하자."라고 대답했다. 프러포즈에 대해 나름의 로망이 있었던 나는 그의 색다른 프러포즈에 약간 어리둥절했지만, 이내 물살처럼 밀려오는 감동에 마다할 이유가 없었다. 씨실과 날실처럼 함께 생활하고 싶었고, 평소 어른들이 '그 사람이라면 처자식 굶기지는 않겠어.'라고 했던 말도 싫지 않았던 터였다.

모정(母情)이 그리웠던 나는 '외로움'의 울타리를 벗어나지 못했다.

그는 그런 나의 꽃나무에 물을 주며, 꽃봉오리를 맺을 수 있도록 다독여 주었다. 향기 가득한 장미다발을 안겨주며 기쁨의 미소를 선물해 주었던 그는 나의 비타민이었다. 힘든 세상 홀로 살지 않아도 된다고 신이 내게 보내준 '선물'이었다. 장미넝쿨 우거진 비둘기 가족의 울타리를 만들고 토끼 같은 자식들과 부푼 꿈 안고, 행복의 날개를 펼치려고 할 때였다.

과일의 단맛 뒤에 쌉쌀한 쓴맛을 보아야, '단맛의 소중함'을 제대로 느낀다고 생각했던 걸까. 우리에게 시련이 다가왔다. 큰아이 다섯 살, 둘째가 네 살 때 신랑이 다니던 회사에 감원바람이 불면서 권고사직을 요구했다.

"나 아무래도 회사 그만둬야 될 것 같아. 어떡하지?"

갑작스런 신랑의 질문에 "왜? 어떻게 생활하려고."라고 대답했다. 물론 사표를 내야 하는 신랑의 심정을 모르는 것은 아니었다. 하지만 당장 몇 달은 퇴직금으로 버틴다고 해도, 앞으로 감당해야 할 아이들의 교육비며, 대출금, 생활비에 나도 모르게 눈물이 나왔다.

하지만 냉정해져야 했다. 곰곰이 생각해 보았다. 요즘 40대 후반에 명예퇴직을 많이 한다고 들었다. 그렇다면, 퇴직 후 기반을 잡으려면 또 몇 년의 시간의 필요할 텐데. 차라리 조금 일찍 시작하는 것도 나쁘지 않을 것 같았다. 그러면서 동시에 고정수입이 필요했기에 나도 벼룩시장과 교차로의 광고를 통해 면접을 보러 다니기도 했었다. 그러나 현실은 만만하지 않았다. 아직 아이들이 어려 2교대 근무를 할 수가 없었던 터라, 마땅한 일자리를 찾는 것은 쉽지 않았다.

그렇게 내가 '현실'과 고군분투하는 사이에 신랑은 노력을 아끼지 않았다. 인사고과 담당자였던 신랑이었기에 결혼 전부터 진행해 오던 자기소개서와 면접전략, 대학원 논문자료 작성 등의 아르바이트로 생활비를 충당해 갔고, 온라인상 인사PR연구소 홈페이지를 열어 사업을 착실하게 진행해 나갔다. 그러나 온라인만으로는 한계가 있었다. 그래서 내가 명함을 일일이 버스를 타고 다니면서, 창틀과 좌석 앞면 심지어 광고 틀 속에 꽂아두기도 했었다. '한 건이라도 더 들어올 수 있다면'이라는 기대감으로 부끄러움도 잊은 채 말이다.

엘리자베스 퀴블러 로스의 『인생수업』이라는 책에 이런 글이 있다.

"사람들은 부정>분노>타협>절망>수용의 5단계를 통해 매번 여러 형태로 상실을 경험하며, 그것에 반응한다. 이렇게 축적된 상실의 경험은 삶에 더 잘 대처할 수 있는 힘이 된다."

절박함 속에서도 꽃을 피울 수 있다고 했다. 차츰 신랑의 인지도가 올라가기 시작했고 한국 경제TV에서 방송출연 제의가 들어왔다. 요즘 신랑은 취업시즌이 되면 하루에 3~4시간의 쪽잠을 자면서 자소서 첨삭과 수정, 모의면접까지 정신없이 바쁜 일상을 보내고 있다. 거기에 얼굴이 알려지면서 대학 강의, 기업체 교육까지 입지를 넓혀가고 있다.

'인생은 새옹지마'라고 했다.

'상실'의 늪에서 끝끝내 빠져나오지 못할 줄 알았다. 그러나 언제 그런 일이 있었냐는 듯, 이제는 옛일이 되어 이렇게 추억하는 여유를 부려보고 있다. 이 모든 것이 감사할 뿐이다.

나를 위해 용기 내다. 요가의 길

서른다섯 살의 나이에, 나는 '요가'라는 운동에 빠져들게 되었다. 집에서 달성여성복지관은 왕복 두 시간 거리였고, 오후 1시에 시작하는 수업을 위해 그 거리를 마다하지 않았다. 한여름 장맛비가 흙탕물이 되어 쏟아지는 날에도 요가수업과 수업이 끝난 뒤 친구랑 수다 떠는 재미가 좋아 빠지지 않았다. 두 마리 토끼를 모두 잡고 싶었던 욕심은 나도 모르는 사이에, 요가의 매력으로 나를 끌어들이고 있었다.

'호흡법에 따라 엿가락처럼 자유자재로 휘어지는 몸은 무엇일까?'

'도대체 뭐였지?'

'어~ 뭐지?'

의문이 생겼다. 그 의문을 해결하고자 원장님께 되묻기를 대여섯 번. 쉽게 답을 주지 않으셨다. 이런 일도 있었다. 요가의 꽃 박쥐자세

(두 다리를 수평으로 최대한 넓혀서 앞뒤로 롤링 하는 자세)를 하다가 내전근(허벅지 안쪽)이 손상되어 시퍼렇게 멍이 들었는데, 2주일이 지나도 회복되지 않았다. 또한 앞뒤로 일자 다리찢기 할 때 역시, 너무 무리한 탓에 근막이 손상되기도 했었다. 다리 저림 현상으로 잠결에 일어나 주무르지 않으면 안 되는 상황이 벌어졌고 한의원에 문을 두드려 침도 수차례 맞았다. 한두 번 정도 맞고 나니, 나아지는가 싶었는데 또다시 저림 현상이 반복되었다.

하지만 나는 포기하지 않았다. 그런 나의 모습이 안쓰러워 보였던 걸까. 아니면 나의 끈기를 시험해보려 했던 걸까. 어느 날, 원장님께서 "요가 자격증 따 볼래?"라며 얘기하셨다. 순간, 한 치의 망설임도 없이 나는 "네."라고 자신 있게 대답했다.

3개월 동안 본격적인 자격증 레슨이 시작되었다. 요가운동을 시작한 지 석 달쯤 되었던 시기였다. 수업시간 50분 동안 지도해야 할 동작을 배웠다. 한 치의 오차도 없어야 했다. 요가동작은, 매 순간 집중하지 않으면 자세가 엉망이 되어 버린다. 그리고 음성 높낮이를 조화롭게 해서, 듣는 이들이 들뜨지 않고 차분하게 운동에 임할 수 있도록 해야 한다.

정해진 시간 동안 꾸준히 같은 동작을 반복 수련하고, 단어 하나 틀리지 않게 암기하는 능력이 필요했다. 요가의 길엔 '왕도'가 없구나, 일주일에 세 번 레슨을 받고 난 뒤부터 나의 노력이 빛을 발했던 걸까? 요가의 기본 호흡법인 복식호흡이 자유로워지면서, 아사나(요가 동작)도 훨씬 수월해졌다. 단순히 동작에만 집중하는 것이 아니라, 호흡과 동작이 하나라는 것을 깨닫게 된 것이다. 『요가디피가』 책을 보면서 마음과 행동이 자리 잡고 있어야 하는 '알아차림'의 세계도 '요가의 철학'이라는 것을 알게 되었다.

자격증이 손에 들어오던 날이 기억난다. 스스로를 실험해 보고, 부딪쳐 보면서, 시도해 보지 않았던 부분에 대해 두려움보다 상황을 즐기는 마음으로 시작했던 내가 뿌듯하고, 대견해 보였다. '무엇을 시작하기에 늦은 나이란 없다.'는 말이 떠올랐다.

하지만 자격증을 손에 쥐고선 날아갈 듯 기뻐했던 순간이, 석 달을 넘기면서 수업으로 이어지지 않자 '이대로 강사생활 한 번 못 해보는 것은 아닌가.'라는 불안감이 밀려들었다. 나는 온라인사이트를 검색해 요가동호회가 있다는 사실을 알고, 서둘러 가입해 강사채용 공고나 대강수업을 찾아다니기 시작했다. '이제부터가 진짜 시작이다.'라는 다짐에 '배보다 배꼽'이라는 교통비도 문제 삼지 않았다. 요가원뿐만 아니라 피트니스 센터까지 열심히 뛰어다녔다.

그렇게 6개월 정도 시간이 흘렀을 때, 어느 강사님의 소개로 작은 문화센터 수업을 맡게 되었다. 당시 일주일 동안 하루 3시간 수업에 월 이백만 원 정도의 수입이 들어왔으니, 가히 제2의 전성기라고도 할 수 있었다. 스스로에 대한 호기심으로 시작한 요가가 나를 '요가강사'로 이끌었다. 안주하지 않고 미래에 대한 꿈을 꾸면서 두려워하지 않았던 용기, 그 용기가 여기까지 나를 이끌어왔다고 생각한다.

순간, 삶이란 지금 이 순간 손에 쥔 일을 얼마나 치열하게 해 나가나에 따라 달라진다.

바로 이 순간도 우리는 오고가는 기회들을 잡고 만들면서 삶의 궤적을 그려가고 있다.

-민병호의 '초콜렛' 중에서

가온 아이, 세상에 외치다

두 아이가 학교생활을 시작하면서 하교시간과 나의 수업시간이 맞물리고, 보육을 도와주시는 어머님과 사소한 마찰이 늘어나면서 조금씩 요가수업을 줄여나갔다. 피곤함을 무릅쓰고 오후 10시쯤 집에 들어서면, 두 아이는 잠을 자지 않고 엄마를 기다리고 있었다. 집 안은 '엄마가 부재중'이라는 것을 표시라도 하듯, 제자리에 있는 물건이 없었다. '도저히 더 이상 이대로는 안 되겠어.'라는 생각을 하고 있던 때였다.

아들이 7세 때, 유치원 원장님께서 부모상담 호출을 하셨다.

"지금 아이의 상태는 주위가 산만하고, 과민반응, 정서적 불안 증세와 애정결핍이 보인다."

"세상에 그게 무슨 말도 안 되는 소리냐?"

"인정할 수 없다."

홍분하며 말하는 내게 원장님은 조심스럽게 권하셨다. 가까운 아동발달센터나 근교 복지관에서 주의력결핍장애 검사를 한번 받아보는 것이 어떻겠느냐고. 평소 아들을 무척이나 아껴주셨던 원장님의 얘기라 흘려들을 수가 없었다. 집에서 15분 거리에 있는 아동병원 근처에 위치한 아동발달센터로 향했다. 부모에겐 300문항 정도 아동 양육과 관련해서 양육자의 태도 검사를 진행했고, 아이에겐 놀이심리 상태 파악 검사를 했다. 두세 시간 정도의 시간이 걸리고 드디어 결과가 나왔다. 결과는 충격적이었다. 주의력결핍장애의 경계. 그나마 심리발달센터에서는 '긍정적인 결과'에 해당된다면서 앞으로의 양육에 조언을 해 주었다. 무엇보다 할머니와 엄마 사이에서 아이의 갈등 요소가 보인다며 '일관성 있는 양육'의 중요성에 대해 강조해 주셨다. 그날 어머님도 동행했었는데, 검사결과에 대해 어머님도 속상하셨는지, "네가 자주 혼내서 그렇지 않느냐?"라며 모든 탓을 나에게로 돌리셨다.

속상했다. 모든 비난의 화살을 나에게 돌리는 그 모습에 솟구쳐 오르는 눈물을 꾹 참아야 했다. 어머님의 심정을 이해 못 하는 것은 아니다. 30여 년 전, 어머니는 혼자가 되어 아들을 결혼시킨 후, 손자의 재롱을 보는 것이 삶의 낙이었다. 금이야, 옥이야 보살펴주셨다는 것을 나도 잘 알고 있다. 그래서 평소에 무조건 아이의 의사를 다 들어

주는 것이 아니라고 생각했기에, '안 되는 일'에 대해서는 따끔하게 혼냈던 내 모습이 싫으셨을 것이다. 검사 결과에 대해 어머님도 많이 고민하셨지만 결국 나의 결정을 따라주셨다.

이것이 아이를 바라보는 '첫 시작'이었다. 내 아들이 조금 다르다는 사실에 대해. 깜깜한 밤하늘 속 구름에 가려진 달빛을 기다리는 마음으로 "기다려 보자.", "아이의 마음을 헤아려 보자."라며 내 마음을 다잡는 데에도 한 달이 걸렸다. '받아들이자.', '내려놓자.', '아무것도 문제가 될 게 없다.'라는 마음가짐으로 아이가 아닌 엄마인 나를 다독이는 시간이 필요했다.

그러나 '대화로 이끌어 가면 되겠지.', '내가 좀 더 노력하면 될 거야.'라고 생각했던 것이 실수였다. 학교 등교 후 바지에 대소변 실수는 물론이거니와 책상에 앉아 5분을 집중하지 못한다고 했다. 수업시간엔 교실 주위를 맴돌고, 피곤하면 교실 바닥에 드러누워 그대로 자버리기도 하고, 선생님의 말은 뒷전으로 듣는다고 했다. 친구들과의 크고 작은 마찰이 생기면 한 치의 양보도 없고, 본인 성에 차지 않으면 고함지르고, 물건 던지기가 일쑤라고 했다. 어떻게 해야 할지 막막하고, 모든 것이 나의 잘못인 것만 같아 혼자 가슴앓이하며 숨죽여 울었던 날들이 얼마나 많았는지 모른다.

'내 아이가 무엇 때문에. 분명 이유가 있을 텐데.'
'어디서부터 잘못된 것인지?'

'아이의 마음을 어디까지 받아들여야 하는지?'

'어떤 방법을 찾아야 하는지?'

그즈음, 가깝게 지내던 언니가 내게 미술심리치료학원을 소개해 주었다. 평소 사소한 일이라도 함께 의논했던 언니의 얘기였기에 믿음이 갔다. 이리저리 알아볼 곳도, 의지할 여유도 없었던 터라 간단한 전화통화 후, 바로 미술심리치료 수업을 시작했다. 첫 수업 후, 미술심리 선생님의 얘기가 심각한 정도는 아니라고 하셔서 얼마나 큰 위로가 되었는지 모른다.

주의력결핍장애의 큰 특징은 독서에 빠져 생활하고, 한곳에 몰입하면 다음 단계의 전환이 힘들다고 한다. 자기 생각 속에 갇혀 남이 하는 얘기를 주의 깊게 듣지 못하는 것이다. 자기가 듣고 싶은 것만 듣고, 알고 싶은 것만 보기 때문에 또래관계 형성이 어렵다고 한다. 사회성이 떨어지는 것도 특징이라고 한다.

불행 중 다행이라고 해야 할까. 아들은 역사, 과학, 환경 쪽에 저학년 때부터 굉장한 관심을 보였다. 그래서 관련된 책들을 사 주면서 호기심을 유발시키고, 생각을 끄집어내어 주는 노력을 아끼지 않았다. 가족여행을 많이 다니기 위해 노력했고, 아동발달센터의 심리, 언어수업도 병행해 나갔다. 스트레스를 줄여주기 위해 태권도도 2년 정도 배우기도 했는데 신체활동에 대한 부담감과 '품띠'라는 계단식 등급에 대해 아들에게 오히려 큰 부담을 주는 것 같아 그만두었다. 그리고 학교에도 아이의 심리상태 문제와 친구와의 갈등 문제가 발생하면 전해달라고 따로 부탁을 드렸다. 특히, 담임선생님과의 통화는 거의 매일 이루어졌다.

그런 부분에서 아들의 3학년 담임선생님이셨던 김민경 선생님은 너무 감사한 분이다. 아이와 눈 맞추기 교육법을 잘 알고 계셨고, 아이의 심리상태, 학습 코칭, 친구관계 부분까지 세심하게 배려해 주셨다. '버럭' 하며 혼내는 엄마보다 선생님이 더 좋다고 인정할 정도였으니. 섭섭함보단 선생님에 대한 고마움과 감사함이 가득하다.

아프리카 속담에 '한 아이를 키우려면 온 마을이 필요하다.'라는 말이 있다. 4학년이 된 아들은 친구들에게 '작년보다 많이 좋아졌어.'라는 소리를 듣고 있다. 여전히 자기만의 세계 속에 갇혀 그 외의 말을 듣지 않으려고 하지만, 뜻밖의 상황에서 제법 의젓하게 행동하기도 하고 엄마의 잔소리를 능청스럽게 되받아치기도 한다. 돌이켜 생각해 보면, 내가 아이에게 희망을 키운 것이 아니라, 내 아이가 나를 살리고 꿈꾸게 했다. '주의력결핍장애(ADHD)'라는 아이의 꼬리표가 나를 키운 것이다.

높은 감성과 넘치는 에너지. 동식물에 대한 탐구와 애정, 책에 대한 열정 넘치는 모습을 통해 아이의 가능성을 바라본다. 가끔 '학교'라는 현실 속에서 버거울 때도 있지만, 나는 아이에게 말해주고 싶다.

아들아! 엄마는 널 믿는단다.
나쁜 운명을 깨울까 봐, 살금살금 걷는다면 좋은 운명도 깨우지 못한다고 했잖아.

우리 나쁜 운명, 좋은 운명 모조리 다 깨워 가면서 걸어가 보자꾸나.

당당하게 큰 걸음으로 살아가자꾸나!!

아들아, 사랑한다.

Part 08
최성희 (Justine)

영어강사/세라믹 핸드페인터

두 딸의 엄마이자, 영어강사로 일하다가 그냥 좋아서 세라믹 핸드페인팅을 시작했다.
현재 공방 'J세라믹카페'를 운영하면서 직접 그린 예쁜 그릇을 세상에 많이 보여주고 싶
은 꿈이 있다. 동시에 친구 윤슬 작가와 함께 강연체험카페 '클럽 공감'을 운영하면서 주
위의 좋은 사람들과 소통하고 공감하고 있는 여자(소·공·녀)이다.

네이버 블로그 "J세라믹카페" : http://blog.naver.com/byulmoa

좋은 기억이 많은 사람이 부자이다

'좋은 기억이 많으면 부자이며, 좋은 기억이 많은 사회가 부유한 사회, 행복한 사회이다. 그래서 좋은 기억을 더 많이 갖기 위해서 우리는 뛰고 또 뛰어야 한다.'라는 말을 어디선가 본 적이 있는데 공감한다. 굳이 내 머릿속 기억들 중 안 좋은 기억들을 애써 끄집어내고 싶지는 않다. 그런 기억들은 그대로 풍화되어 사라져버리길 바란다. 하지만 좋은 기억들은 가끔 하나씩 꺼내본다.

어느 구석, 낡은 상자 하나가 눈에 띄어 열어보면 편지들이 가득하다. 그것은 내 유년시절 친구들과 주고받았던 시답잖은 쪽지이거나, 학창시절 오글거리는 연애편지, 아이들 가르칠 때 받은 짧은 내용의 감사카드들이다. 또는 어릴 적 두 딸이 삐뚤빼뚤한 글씨로 쓴 사랑스러운 짧은 편지들일 때도 있다. 그런 편지, 카드들을 읽다 보면 나도 모르게 추억에 빠져들게 된다.

어떤 날은 서랍을 뒤지다가 눈에 띈 팔랑거리는 빛바랜 사진 한 장. 어릴 적 친구와 찍은 사진, 옛 애인과 찍은 사진(이런 건 다른 남자와 결혼한 지금, 결코 존재하고 있어서는 안 될 사진이겠지만.), 여행 사진, 혹은 지금은 늙으신 부모님의 젊은 시절 사진을 만날 때도 있다.

우연히 눈에 띈 사진들은 보물이라도 발견한 것처럼 나를 설레게 만든다. 가끔은 들기에도 무겁고 두터운 졸업앨범을 뒤져보다 학창 시절 추억에 빠져들기도 하고, 몇 백 년 만에 소식 전하게 된 친구와의 수다 속에서 묻어두었던 기억들을 떠올리기도 한다.

어릴 적 나는 시골에서 자랐다. 소위 깡촌은 아니었지만, 마을 사람들 대부분이 논농사, 밭농사를 지었고, 마을 한쪽은 산으로 둘러싸여 있으며, 또 고속도로가 마을 바로 옆으로 뻗어 있었다. 유년시절 나는 소위 절친들이 있었고, 5남매의 셋째여서 늘 함께 놀 사람들이 많았다.

봄이 가까워 오는 겨울에는 작은 바구니 하나씩 들고, 푸석푸석한 흙 사이로 파랗게 올라와 있는 냉이며 씀바귀를 뜯고, 따스한 봄바람이 불기 시작하면 쑥을 뜯으러 다녔다. 연둣빛 작은 새싹이 마른 가지에 돋기 시작하면 모질게도 그 싹들을 뜯어 돌 위에 놓고 찧어서 소꿉놀이를 하기도 했다. 향긋한 아카시아 꽃이 필 때면 그 향을 따라가 아카시아 꽃 속의 꿀을 쪽 빨아 달큰함을 맛보기도 하고, 잎줄기에 붙은 이파리를 손가락으로 튕겨 떼어내는 놀이도 하고, 그 줄기로 머리카락을 감아 파마놀이도 하곤 했었다. 아직 어렸던지라 산 가까이 가면 무섭기도 했지만, 공짜로 산딸기나 오디와 같은 열매를 따먹는 호사를 누리기도 했었다.

더운 여름이 되면, 너도 나도 개울가로 모여들었다. 마을 위쪽에 커다란 못이 하나 있어서 거기에서 흘러내려 오는 물로 이루어진 그 개울은 마를 날이 없었다. 물이 아주 맑고 그리 깊지도 않아서 발 담그고 놀기에 딱 좋았다. 얕은 개울물 바닥에 깔린 돌 위로 비치던 눈부신 햇살 한 줄기와, 흐르는 물 따라 돌 위에서 하늘하늘 춤추던 검푸른 이끼들은 지금도 눈에 선하다.

어릴 적 대표적인 놀이 장소였던 그 개울을 아주 좋아했었는데, 바지 걷고 발 담그면 짜릿하게 온몸을 타고 흐르던 그때의 전율은 지금도 생각난다. 그곳에서 송사리, 민물새우도 잡고, 운이 아주 좋은 날엔 가재도 잡을 수 있었다. 특히, 여름 소나기나 폭풍우가 한번 지나가고 물이 불어나면 너 나 할 것 없이 모두 개울로 모여들었다. 그런 날에는 해 볼 수 있는 놀이가 훨씬 더 많아 재미있었다. 부쩍 불어난 물속에서 멱도 감고, 위쪽 큰 저수지에서 어쩌다 떠내려 온 큰 물고기들을 잡을 수 있는 행운도 생겼다.

종종 대야 한가득 빨랫거리와 비누 한 장 담아 머리에 이고 언니, 동생, 친구들과 냇가에서 빨래를 하기도 했었다. 작은 손으로 빨래해 봐야 얼마나 깨끗하게 빨 수 있었을까마는 농사일로 바쁜 엄마의 일을 조금이라도 줄여주고 싶은 우리들의 배려였다. 물에 적신 빨랫감을 평평한 돌 위에 놓고 쓱쓱 문지른 후, 흐르는 깨끗한 물에 헹구어 내면 마음까지 시원해지던 그때의 느낌이 아련하게 떠오른다. 지금 우리 아이들은 상상하지도 못할 옛날 옛적 호랑이 담배 피던 시절의 이야기가 되어버렸지만.

아주 어릴 적 여름날 추억 속에는 원두막도 있다. 마을에서 혹시나 모를 과일 서리를 방지하기 위한 목적이었을까, 아니면 5남매가 놀 장소를 만들어 주기 위한 목적이었을까. 잘은 모르겠지만, 아버지가 지어주신 원두막에서 TV 드라마 '전원일기'에 나오는 장면을 실제로 연출하기도 했다. 수박이며 참외, 토마토, 포도, 복숭아와 같은 여름 과일도 먹고, 옥수수, 감자를 쪄 먹기도 하고, 또 어느 날은 모기장을 치고 한여름 밤잠을 그 원두막에서 청했던 기억도 난다. 화음도 맞지 않고 시끄럽기만 한 매미들의 합창을 들으면서.

내 인생에서 가장 멋모르고 자유분방했으며 노는 일이 전부였던 내 유년시절, 놀고먹을 것이 가장 풍부했던 계절인 여름이 지나고 선선하던 바람이 쌀쌀해지는 가을에 들어서면서부터는 좀 차분하게 놀았다. 뛰어놀았던 기억보다 안개가 자욱하게 꼈던 이른 아침의 풍경, 아주 강렬한 붉은 색으로 하늘을 물들이곤 하던 노을, 그 노을빛을 닮은 단풍과 낙엽들, 그 낙엽들을 태우던 냄새와 연기, 그런 풍경들이 눈앞에 펼쳐진다.

하지만 그런 가을의 아련함과 스산함이 절정을 이루는 겨울, 따뜻한 방 아랫목 이불 속에서 지독히도 나오기 싫던 겨울에는, 오히려 추운 날씨에 아랑곳 않고 밖에서 뛰어놀았던 기억이 많다. 조금 한가해진 농한기 겨울, 아버지가 손수 만들어주신 썰매와, 달력을 찢어 만든 커다란 가오리연을 들고 나가 칼바람 부는 언덕에서 연날리기도 하고, 얼어붙은 논 위에서 썰매도 탔다. 널찍한 마당에서 언니, 오빠, 동생들과 사방치기, 고무줄놀이, 구슬치기, 딱지치기 등 다 기억해내지도 못할 만큼 많은 놀이를 했었다.

특히 눈이 내린 날에는, 득달같이 일어나 두꺼운 옷을 챙겨 입고 장갑을 끼고 나가, 눈 위를 뛰어다니며 눈사람도 만들고, 지푸라기 넣은 비료포대 들고 언덕 위에서 눈썰매를 탔었다. 가끔 차 다니는 도로 위에서 썰매를 탔다가 눈이 길에 얼어붙어 어른들의 꾸중을 듣는 날도 있었다. 하여간 그렇게 눈 오는 날엔 밥도 안 먹고 놀았던 기억이 있다.

유난히 동물을 좋아하시던 아버지가 기르던 여러 동물들, 집 안 화단이며 집 밖 담벼락을 따라 아버지가 가꾸시던 꽃들이 생각이 난다. 마당 한구석에 우리를 위해 시멘트를 발라 만들어주셨던 작은 노천목욕탕도 떠오른다. 우리가 더 자라 노천목욕탕 사용하기를 거부할 즈음, 그곳에 흙을 채워 넣고 딸기를 심어 만들어 주신 집 안 딸기밭도 생각난다.

제철마다 밭에서 방금 뜯어온 싱싱한 야채로 만들어 주셨던 엄마의 반찬들도 그립다. 나이가 들어가면서 엄마의 음식 솜씨가 조금씩 변한 것도 있겠지만, 요즘은 재료가 달라져서인지 그 시절 맛이 나지 않는 것이 많이 아쉽다. 여름, 가을이면 집안에 날파리가 날아들어, 썩을 때까지 쌓아둔 채 외면하던 과일들도 너무 그립다. '과일킬러'인 우리 두 딸을 보면 썩어서 버려야 했던 예전 그 과일들이 더더욱 생각난다.

30분 정도를 걸어 학교 가던 길, 또 학교생활, 고향 친구들, 요즘도 아버지가 간간히 소식 전해 주시는 마을 어르신들. 모두 내 유년시절을 아름답게 만들어 준 내 추억 속의 주인공들이며 소재들이었다.

아마 시골이 고향인 분들은 나와 비슷한 추억이 많을 것이다. 나는 유년시절을 떠올리다 보면, 자연스럽게 입가에 미소가 스며든다. 몸으로 느끼기도 전에 봄기운이 사르르 전해져 새싹이 돋고 꽃봉오리가 피듯이, 뇌신경에서 '아, 좋아.'라는 감정을 알아채기도 전에, 미소부터 피어난다.

그냥 좋다. 그냥 행복하다. 다른 분들은 어떤지 모르겠다. 어떤 통로로 옛 기억을 떠올리고 추억하는지 모르겠지만 그 추억들 속에서 나는 에너지를 얻는다. 물론 슬프고 나빴던 기억들도 있다. 하지만 그 기억들마저도 내 인생에서 꼭 필요했던 한 부분으로 인정하고 나면 슬프고 나쁜 감정은 바람에 사라져 버리고, 그것조차 내 마음에 충만함을 가져다준다.

좋은 추억이든 나쁜 추억이든 많을수록, 나 자신과 내 삶을 되돌아볼 수 있는 기회도 많아지는 것 같다. 마냥 좋기만 했던 시간들, 용기가 필요했던 시간들, 최선을 다해 열심히 살아냈던 시간들. 그 시간들이 지금의 나를 있게끔 만들어 주었다고 생각한다. 그리고 그 시간들은 지금도 나를 응원해 주고 있다고 믿는다. 그래서 나는 이렇게 말하고 다닌다. 좋은 기억이 많은 사람은 부자다. 그러므로 나는 부자다.

나는 내 인생을 통해서 얻은 부를 가져갈 수는 없다.
내가 가져갈 수 있는 것은 사랑에 넘쳐나는 기억들뿐이다.
그 기억들이야말로 나를 따라다니며 함께하는 진정한 '부'이다.

―스티브 잡스

우리 아이들은 유년시절을 어떻게 기억할까. 똑똑한 아이로 키우고 싶다면 먼저 행복하게 키우라고 했다. 독일에서는 숲 체험, 자연 속에서의 체험을 중요시 여기고 있다. 학교 교육에서 체육시간이 많을수록 학생들의 성적이 더 좋다는 연구결과도 있다.

지금 내 두 딸의 유년시절을 나의 유년시절과 비교하면 정말 특별할 것이 없는 것 같다. 그래서 때로는 초라하게 느껴질 때도 있다. 도시에서, 특히 학구열이 뛰어난 동네에서 많은 시간을 함께 뛰어놀 친구도 없고, 함께 나눌 소재거리도 많지 않다. 거기에다 도처에 수많은 위험이 도사리고 있다.

학원이 아이들의 놀이장소 중 하나가 되어 버렸고, 스마트폰이 가장 큰 놀잇감이 되어 버렸다. 지금 아이들에게 무엇이 중요하고, 무엇이 필요한지 충분히 알고 있으면서도 핑계를 대며 그런 환경과 기회를 만들어주지 못하는 부모여서 안타깝고 미안할 때가 많다. 하지만 시골에서 자란 내가, 주어진 장소나 놀잇감을 최대한 활용하면서 보냈듯이, 우리 아이들에게도 주어진 지금의 현실 속에서 최선의 놀이장소와 놀잇감을 찾아주면 되지 않을까라는 생각을 한다.

모든 일에는 일장일단이 있다. 지금 우리 아이들이 가진 것들 중에는 어릴 적 내가 누릴 수 없었던 부러운 것들도 많이 있다. 그래서 엄마로서 거기에 부족한 걸 더 채워주기 위해 노력하면 된다고 생각한다. 우리 아이들에게 좋은 기억, 좋은 추억을 많이 만들어 주고, 특히 자연과 함께하는 기회를 많이 만들어 준다면 부족한 부분을 조금이라도 채울 수 있지 않을까.

지금보다 훨씬 더 젊었을 때, 앞만 보고 달리고 있었을 때, 과거보다 미래에만 온 신경을 쏟았을 때, 시골내기 출신이라는 사실을 부끄럽게 여기고 싫어했던 적도 있었다. 하지만 마흔을 넘긴 요즈음, 그런 시간들이 나에겐 큰 행운이었다고 여기고 있다. 자연 속에서 지낸 내 유년시절은 무엇과도 바꿀 수 없을 만큼 소중하다. 자연에서 함께한 유년시절부터 시작되어 여기 현재의 내가 있는 것이라고 생각된다.
우리 아이들에게 유년시절은 어떻게 기억될까. 어른이 되고 나면 떠올릴 수 있는 유년시절의 추억은 어떤 것들이 있을까. 더 좋은 기억, 더 아름다운 추억을 만들어 주기 위해 부모로서 더 노력을 해야겠다는 생각이 든다. 우리 아이들 유년의 추억이 바로 내 중년의 추억의 한 부분이 될 테니까.

내 아이들도 좋은 추억을 많이 가진 아이로 성장하길 바란다.

나에게 용기란 간절함이었다

오지 여행가 한비야가 말했다.

"나는 용기가 없었으면 못 했다. 그런데 그 용기라는 것은 어디서 나오겠어요? 어떤 일에 용기가 난다는 건 그것을 하고 싶어 하는 마음에 비례한다."

용기.

스스로 마음을 다져 끌어내는 용기가 있다. 그렇지만 '하고 싶다.'는 간절함으로 자신도 모르게 저절로 생겨나는 용기도 있다. 한비야가 말하는 그 '하고 싶어 하는 마음'이라는 것이 간절함이 아닐까. 적어도 나는 그랬다. 간절히 원하는 일이 아니면 '용기'라는 것을 선뜻 내기는 어려웠던 사람이 '나'였다.

용기1. 잘할 수 있는 일 하기

결혼 후 신혼살림을 시작한 아파트에 결혼 전 다녔던 영어유치원의 한 원생이 살고 있다는 사실을 우연히 알게 되었고, 그 어머니의 제안으로 영어 과외를 시작하게 되었다. 도중에 몇 달 호주로 어학연수를 다녀온 적이 있는데, 돌아올 때까지 기다려 주셔서 과외수업을 계속 이어갈 수 있었다. 그 후 그분들의 소개로, 혹은 소문으로 점점 수업 요청이 늘어갔다.

그러는 중간에 딸아이 둘을 낳고 잠깐 몸조리하다가, 둘 다 백일이 지나기도 전에 수업을 다시 시작했다. 6~7년 정도 시어머니께서 오후에 아이들을 봐주시고 나는 저녁 8~9시까지 수업했었다. 당시 내가 제일 잘할 수 있는 일이 그것이었고, 최선을 다해 아이들을 가르쳤다. 주위에서 농담으로 '고액과외'라고 할 정도로 수입도 나쁘지 않았다.

하지만 문제는 다른 곳에서 발생했다. 시어머니와의 공동육아로 인해 아이가 일관성 없는 생활을 하게 되고, 성격이 점점 예민해져 가고 있었다. 결국 수업시간을 조정하게 되었고, 그 과정에서 연세가 많아 힘들어하시던 시어머니를 대신해 혼자 모든 것을 감당하게 되었다.

아이들을 어린이집, 유치원 종일반에 두었다가 저녁 늦게 데려와, 피곤한 몸으로 저녁밥을 준비하고 집안일을 하면서 몸도 마음도 지쳐가기 시작했다. 힘들고 피곤한 만큼 아이들을 다그치게 되는 날이 많아졌고, 짜증이나 화를 아이들에게 떠넘기는 일도 늘어났다. 바쁜 엄마를 대신해 스스로 자기 일을 해야 한다고 아이들에게 강요하기도 했었다.

내 아이들도 제대로 못 키우면서, 돈 벌겠다며 다른 아이들에게 더 신경 쓰고, 더 많은 시간을 보내는 현실에 화가 나고 답답했다. 아이들과 감정적인 교류를 제대로 할 수 있는 시간도 갖지 못하고, 많이 웃어주고, 많이 안아주고, 많이 사랑한다는 말도 못 해주었다는 사실에 마음이 아팠다.

그러면서 결심했다. 수업을 줄여서라도 아이들과 더 많은 시간을 함께 보내야겠구나. 결국 나는 경제적 여유를 포기하면서 과외수업을 대폭 줄였다.

당시 내가 주로 만나고 교류하는 사람들은 수업하는 학생들과 상담하는 어머니들이 전부였다. 교류라기보다는 수업을 위한 상담이 전부였고, 가끔 아이들 어린이집이나 유치원 학모들과 모임하기도 했었지만, 주제는 온통 육아와 살림이야기뿐이었다. 처음 몇 년간은 아이 중심의 그런 이야기들이 좋았지만, 곧 조금은 다른 교류, 다른 사람들과의 관계를 갈망하게 되었다. 나와 뭔가 통하는 것이 있는 사람들과 교류하면서 함께할 수 있는 일을 하고 싶다는 생각이 간절해지기 시작했다.

내가 진정으로 하고 싶은 일은 무엇일까. 평생 좋아하면서 할 수 있는 일은 무엇일까. 20대에 하던 '나' 자신에 대한 진지한 고민이 다시 들기 시작했다. 시간적 여유를 가지면서 고민도 해보고 늘 마음뿐이었던 취미생활도 해보고 싶었다.

영어과외. 분명 내가 '잘할 수 있는 일'이었지만, 내가 '즐겁게 할 수 있는 일'은 아닌 것이 되어가고 있었다. 진짜 '일'이 되어버린 것이다. 잠깐 멈추어 설 필요가 있었다.

내 인생의 터닝 포인트가 되어주고, 나 자신을 성장시켜 줄 수 있는 무엇인가가 점점 간절해졌다. 내가 좋아하고 즐길 수 있는 일, 그런 일을 찾고 싶었다. 만약 그런 일을 하면서 살아간다면, 아이들과도 더 좋은 시간을 만들 수 있을 것 같았다.

용기2. 즐기면서 잘할 수 있는 일 찾기

20년 가까이 천직으로 알고 해오던 일을 바꾸기란 누구에게나 쉽지는 않은 일이다. 더군다나 그전까지 해오던 일과는 전혀 다른 분야의 일을 새로 시작한다는 것은 더욱 그럴 것이다. 영어영문학을 전공하고 아이들에게 영어를 가르치는 일이 어느새 나의 천직처럼 되어버렸다. 내 몸에 스며들어 나에게 딱 맞는 일이 되어버렸고, 그 일에 서서히 물들어 그 일 아니면 다른 일은 할 수 없을 것 같았다. 하지만, 그 익숙하고 당연하게 여겨졌던 그 일에 조금씩 지쳐가고 지겨워져 갈 즈음, 그런 내 생활에 활기를 주기 위해, 일부러 시간을 내어 소위 '취미활동'이라는 것을 해 보았다.

어릴 때부터 주위에서 손재주가 좀 있다는 말도 들어왔던 터라 공예 쪽으로도 배워보기도 하고, 언어학 전공이니 다른 외국어를 배워보면 좋겠다 싶어 도전해 보기도 했었지만, 어떤 것에도 흥미를 느끼지 못했다. 심지어 스트레스를 받기까지 했다. 그러던 중, 지인의 세라믹 핸드페인팅 전시회에 다녀오게 되었는데, 그때부터였던 것 같다. 평소에 관심조차 없었던 그릇과 그림에 마음이 끌리기 시작했다.

소소한 재미로 시작하게 된 도자기 그릇에 그림 그리는 세라믹 페인팅으로 점점 빠져들었다. 결혼할 때 엄마와 언니가 골라준 똑같은 디자인의 풀세트 그릇들 외에는 거의 그릇 사는 일이 없었던 내가 인터넷으로 그릇을 검색해보고, 예쁘고 독특한 디자인을 찾아내느라 많은 시간을 보내고 있었다. 명품 그릇 브랜드들을 외우게 되고, 세라믹페인팅, 디자인, 그릇에 관한 책을 사기 시작했다. 수채화, 일러스트, 캘리그라피 등 다양한 미술기법에 대해서도 공부하기 시작했다. 평소 화려한 꽃 그림이 그려진 그릇을 싫어했었는데, 나도 모르게 꽃 사진, 꽃 그림만 찾아 헤매고 있는 나를 발견하기도 했다.

마음에 드는 디자인의 그릇이나 독특하고 예쁜 모양의 그릇들을 검색해 저장해두고, 생각이 날 때마다 다시 꺼내봤다. 그때 희미하게나마 느꼈던 것 같다. 새로워지고 힐링이 되는 느낌. 지금 생각해 보면 아마 그 과정들이 내가 '즐길 수 있는 일'이 '잘할 수 있는 일'로 바뀌어 가는 과정이었던 것 같다.

용기3. 좋아하는 일을 나만의 강점으로 만들기

점점 세라믹 핸드페인팅에 몰두하기 시작했다. 일단 재미있었다. 붓을 들고 앉아서 그림 그리고 색칠하다 보면 시간 가는 줄 몰랐다. 점점 더 잘하고 싶다는 마음뿐이었다. 욕구가 늘어나는 만큼, 그림 그리는 시간도 늘어갔다. 그릇을 집으로 가져와서 밤이면 밤마다 그림을 그렸다. 저녁 먹고 아이들 재워놓고 나면 그림 그리고 싶어 안달이 날 정도였다. 가끔 비싼 재료비가 부담이 될 때도 있었지만, '하고 싶은 마음'을 이기지는 못했다.

어느 날 나만의 디자인을 그려보라는 친구의 말에, 나는 얼토당토 않은 일이라며 절대 불가능하다고 말했었다. 하지만 시간이 지나면서 정말로 그 친구의 말대로 미술이 전공이 아닌 내가 디자인이란 것을 할 수 있게 되었다.

'창작은 모방에서 시작한다'고 하지 않았던가. 예쁜 디자인의 그릇을 카피해 보기도 했었다. 그런 베끼는 과정도 연습의 일환이었다. 당시 '카피능력이 뛰어나다.'는 웃지 못할 칭찬을 듣기도 했었다.

그 과정을 통해 나만의 방법으로 어떻게 표현할지 고민하면서 여러 표현방법으로 시도해 보았다. 조금씩 변화도 줘보고 내 스타일로 바꿔 그리기도 해 보았다. 그러면서 디자인 북을 만들어 내가 그리고 싶은 디자인을 고안해 내기 시작했다.

다양한 디자인을 찾아보고, 시중에 나와 있는 그릇들을 카피하기도 하고, 유약 바르고, 가마 소성하는 과정에서 생기는 하자들을 찾아내 수정할 수 있는 방법을 고민해 보았던 모든 행위들이 그 일을 '업'으로 삼으려는 내게 커다란 밑거름이 되었다. 철저한 계획과 목표 속에서 이루어진 과정들은 아니었지만, 순간마다 끌려서, 또 그렇게 하고 싶어서 했던 그 일들이 내 실력을 쌓고 감각을 기르고 안목을 높이는 데 큰 도움이 되어 주었다.

열심히 달려왔던 내 인생에서 잠깐 멈추어 서고 싶어서, 또 그냥 좋아서 여유시간을 활용해 취미로 시작했던 '세라믹 핸드페인팅'이다. 하지만 계속 하고 싶고, 계속 할 것 같은 느낌이 들었다. 그려보고 싶은 그릇들도 너무나 많았다. 원하는 대로 모두 그려보고 싶은 욕심을 내려놓을 수 없었고, 계속 할 거면 이왕이면 제대로 해보자는 생각이 들었다. 옆에서 남편도 이왕 할 거면 자격증에 도전해 보라고 응원해 주었다.

그러고는 두세 달 동안 포트폴리오를 만들기 위해 작품들을 그려 내느라 밤마다 늦게까지 작업하곤 했었다. 거의 매일 전문가로 거듭나기 위한 집중투자를 했던 것이다. 정해진 일을 매일 반복 수련하는 실천 습관 속에서 1만 시간이 지나면 그 일이 나를 전문가로 만들어 줄 필살기가 된다고 한다. 내 필살기 만들기 프로젝트는 의도치 않게 그렇게 시작되었고, 지금도 진행형이다.

10년 정도는 해야 전문가가 된다고 했다. 디자인이나 작품들이 예사롭지 않다고 느껴지는 그릇들이 눈에 띄어 작가에 대해 알아보면, 대부분 10년 정도의 경력을 가진 세라믹 페인터들이다. 내가 이 일을 직업으로 삼고 전문가가 되기 위해서는 그들보다 더 많이 고민하고 작업해야 할 이유가 거기에 있다. 그렇게 꾸준히 하다 보면 나도 언젠가는 전문가 소리를 들을 수 있을 거라는 희망도 생겼다. 그러기 위해서 매일 고민한다. 그리고 매일 붓을 든다.

용기4. 간절하게 바라고 용기 내기, 1g이라도

가지고 있는 내 것을 포기하고도 미련 없이 시작할 수 있는 일이 정말로 내가 좋아하는 일이라고 한다. 나는 투자를 거의 하지 않고도 안정된 고액의 수업료를 받던 일은 당분간 유예 상태로 됐다. (나중에 영어를 가르치고 영어책을 읽어주는 일은 계속 하고 싶다.) 그리고 미술, 디자인, 도예, 도자기, 공예, 홍보, 마케팅에 완전 문외한이었던 내가, 좋아하고 '하고 싶다'라는 이유 하나만으로 새로운 세계에 도전했다. 물론 내 전공도 아니고 지식도 전혀 없던 터라 힘들고 어려운 상황도 있었고, 주눅 들고 자신이 없을 때도 있었다. 하지만 용기 내어 부딪치고, 실수하면서 배워가고 있다.

1인 기업으로 혼자 독립하려고 결심했을 때가 생각난다. 그동안 많은 것을 배웠던 선생님과는 별도로 나 스스로 유약을 바르고 가마 소성하는 일까지 해야 했다. 또 선생님의 디자인은 모두 포기하고, 온전히 나만의 디자인을 새로 만들어야 했다. 잘 모르는 분야였기에 두렵고 막막했다. 밥맛이 없을 정도였다. 지금 생각하면 그리 걱정할 일도 아니었던 것처럼 아련하지만, 당시에는 스트레스가 심했었다. 사업자로서 혼자서 공방을 운영하고 체험수업과 판매, 홍보까지 신경 써야 하는 그 모든 일들이 생소했던 탓에 더 힘들었다. 그래서 자신감도 줄어들고, '괜히 시작했나'하고 후회하기도 했었다.

그 당시 우리 집 위층 친구와 자주 시간을 보내고 있었다. 독서를 많이 하는 수필 작가인 그 친구와 자주 이야기를 나누면서, '내가 하고 싶은 일'과 내 '꿈'에 대해서 점점 더 선명하게 그릴 수 있게 되었다. 10년, 20년 후까지는 잘 몰라도 그 당시 현재, 내가 무엇을 하고 싶어 하고, 무엇을 잘할 수 있는지는 어느 정도 알 수 있었다. 내가 세라믹 핸드페인팅 자격증을 취득하고 난 후의 진로와 그 친구와 함께 하고 싶은 강연체험 문화프로그램까지 목표를 정하고 계획을 세웠다. 하고 싶어 하는 일의 방향이나 목적이 비슷해서 함께할 수 있었다. 내가 하고 싶은 일이 생기니까 가슴이 뛰기 시작했다. 그 일을 해야겠고 하고 싶다는 마음이 간절해지기 시작했다. 간절한 마음에 아주 조금의 용기가 더해진다면, 그 일을 할 수 있는 것 같다. 1g 정도의 아주 작은 용기만 낼 수 있다면.

물론 수입이 꽤 괜찮았던 영어 과외를 관두고, 금전적인 투자가 필요한 'J세라믹카페'와 수익을 만들어내는 구조가 불분명한 강연체험 카페 '클럽 공감'을 시작한다는 내 결정에, 주위에서 걱정하며 반대하기도 했었다. 차마 대놓고 반대는 못 하지만 의심 반으로 마지못해 응원해 주는 가족들과 지인들도 있었다. 잘될까, 어떨까 결과를 생각하지 말고 하고 싶은 일이니까 일단 시작해 보라고 지지해준 남편의 힘이 컸다. 거기에 엄마의 새로운 도전에, 무엇인지도 잘 모르면서 무조건 환영하고 응원을 보태준 두 딸이 있었다. 함께할 수 있어서 서로 믿고 의지할 수 있는 친구도 옆에 있었다.

반대든 찬성이든, 옆에서 걱정해 주고 조언해 주고 응원해 주는 그런 분들이 있었기에 나는 용기 내어 새로운 일을 시작할 수 있었다. 내가 가 보지 않은 전혀 생소한 길이었기에 힘든 적도 많고, 사소하지만 조금씩 용기를 내야 하는 경우도 많았다. 예전보다 더 많은 시간과 에너지를 투자해야 했고, 때론 바로 결과가 나오지 않고 기다려야 하는 시간이 힘들어 지치고 스트레스를 받기도 했었다.

하지만 시간이 지날수록 내가 원하는 길로 가기 위해 노력하면서, 조금씩 성취감도 맛보게 되고, 내 꿈은 조금씩 더 커져가고 있다.

또 내가 나아가는 방향이 그릇된 길이 아님을 느끼고 있다. 그래서 조금씩, 조금씩 더 용기를 내어 작지만 새로운 일들에 또 도전하게 되고, 더 잘되리란 긍정적인 생각으로 오늘도 열심히 그림을 그리고 있다. 간절함과 긍정적인 마인드만 있다면, 용기 내는 일은 이제 내게는 아무것도 아니다.

일단 용기 내어 저질러 보는 것, 이것이 중요한 것 같다. 살아오면서 가지고 싶고, 하고 싶고, 또 가고 싶었지만 그 마음이 그렇게 간절하지 않았기에 용기 내지 못하고 도중 포기한 것들도 많았다. 거창하게 '용기를 내야지.' 하는 생각을 하고, 용기가 생길 때까지 기다렸다가 도전할 필요는 없다고 생각한다. 내가 잘할 수 있고 좋아하는 일을 하고 싶다는 간절함이 극에 달하는 순간이면 나도 모르는 용기가 용솟음치게 된다. 그 용기가 솟아오를 때 나 자신을 응원하면서 그 길로 가면 되는 것이다.

간절히 바라는 것이 있는가?

비록 지금은 간절하지 않지만, 좋아하고 하고 싶은 것이 있다면 간절히 바라 보라. 그러면 그 일을 시작할 수 있는 용기가 꿈틀꿈틀 생길 것이다.

어려운 일도 자꾸 하다 보면 쉬워지는 법이다. 쉬워지기 전에는 모든 일이 어려웠었다. 용기 내는 일도 자꾸 반복하다 보면, 별것이 아닌 일이 될 것이다.

그대가 할 수 있는 일, 아니면 하고 싶은 일이라도 상관없다.

그런 일이 있다면 지금 바로 시작하라.

용기 속에는 그런 일을 능히 할 수 있게 하는 천재성과 힘, 마법을 모두 갖고 있다.

-괴테

세라믹 핸드페인팅, 인생을 말하다

세라믹 핸드페인팅(Ceramic hand-painting)

초벌구이 도자기에 특수 세라믹 안료로 그림 그리는 과정을 말하는 것으로, 건조 후 유약을 바른 다음 1,250도의 가마에 재벌구이 한 도자기는 실생활에서 사용 가능하다.

초벌기물, 형태가 만들어져 초벌구이 된 도자기를 초벌기물이라 부른다. 전문 도예공방에서 만들어진 초벌기물들을 주문하면 택배로 배송 받는데, 그 초벌기물은 단단하지 않은 상태여서 배송 도중 파손되어 오는 경우가 허다하다. 그 피해는 고스란히 나의 몫이다. 그래서 배송되어 온 초벌기물의 포장을 풀 때마다 혹시 파손된 건 없는지 늘 조마조마하다.

간혹 육안으로 별 문제가 없었던 기물들이 페인팅 후 가마에 들어

가서 재벌 되어 나왔을 때 금이 가 있거나 그릇 가장자리의 이가 나가는 경우도 더러 있다. 그만큼 예민하고 종잡을 수 없는 게 도자기이다. 여리고 어린 아이처럼 대해 주어야 한다. 자칫 방심하다가는 어떤 상처를 입게 될지 모른다. 아무 내색하지 않고 가슴에 품고 있다가 가마 속에서 '재벌구이'라는 큰 전환점을 겪으면 결국 상처는 밖으로 드러나고 만다. 그때는 되돌리기에는 이미 늦다. 드러난 상처를 어떻게 해볼 수 있는 방법은 없다. 그렇기에 처음부터 조심조심 대해 주거나, 아니면 드러난 상처를 그대로 지닌 채, 인정하고 어루만져 주면서 방법을 찾아야 한다.

금이 가고 파손된 그릇들이 제법 나온다. 예부터 우리 어른들은 그릇이 깨지거나 금이 간 그릇을 가지고 있으면 부정 탄다고 했었다. 하지만 요즘은 조금 흠이 있어도 오래된 엔틱의 가치로 인정해주고, 높은 가격에 다시 사고파는 경우도 종종 있다. 그렇기에 약간의 욕심을 부려보고 있다. 언젠가는 J세라믹카페의 그릇들도 그런 가치를 인정받는 날이 오지 않을까라고.

본격적인 페인팅을 시작하기 전에, 초벌기물을 매끈하게 만들기 위해 사포질하고, 물 적신 스펀지로 닦아주어 수분을 조금 함유한 상태로 만든다. 그러면 더 자연스럽고 부드럽게 페인팅을 할 수 있다. 그리고 그 위에 연필로 밑그림을 그린다. 1,250도의 가마 속에서 연필의 목탄을 포함한 대부분의 물질들은 모두 타서 사라진다. 그러니 연필 자국은 크게 개의치 말고, 간단히 밑그림을 그린 후 채색에 더 신경을 써야 한다. 굵은 붓, 가는 붓, 둥근 붓, 뾰족한 붓, 납작한 붓 등에 안료를 묻혀 원하는 대로 색칠하고 선을 그리고 점을 찍으면 된다.

이때 좋은 점은 우리의 인생과는 달리 수정이 가능하다는 것이다. 잘못 채색된 부분은 면봉이나 물티슈를 이용해 지워낼 수 있고, 울퉁불퉁한 부분은 뾰족한 긁개로 긁어내어 매끈하게 표현할 수 있다. 살아가면서 만들어지는 실수도 티슈로 지워버릴 수 있고, 나쁜 기억들도 지우개로 싹 지워버릴 수 있다면 좋겠다는 생각이 들기도 한다. 하지만 그런 시행착오나 나쁜 기억도 또한 삶의 한 부분이듯이, 색칠하다가 실수도 해봐야 다음에 좀 더 잘할 수 있게 된다.

페인팅 할 때는 물을 섞어서 사용하는 물감의 농도가 가장 중요하다. 옆에서 몇 번 가르쳐 주는 것보다 직접 농도를 맞춰 색칠해 보는 연습을 거듭해 감각을 익히는 방법이 제일이다. 처음부터 잘하는 사람은 없다. 농도 맞추는 것 또한, 무수한 시행착오를 겪으면서 나아진다. 처음 세라믹페인팅 하는 분들은 대부분 아주 진하게 색칠한다. 농도가 진하다는 것은 안료가 두껍게 발려진다는 것을 의미하고, 그러면 고온의 가마 속에서 부글부글 끓어올라 두껍게 발린 안료부분이 볼록하게 튀어나오거나 툭 떨어져 나오게 된다.

물론 이런 현상이 나타나지 않기 위해 나온 전문가용 비싼 특수 안료도 있다. 그리고 두꺼운 부분을 긁개로 살살 긁어내어 수정하는 방법이 있기는 하지만, 그것 또한 처음부터 쉽지는 않다. 연습과 반복을 통해서 안료의 농도를 조절하는 감각을 익혀가는 수밖에 없다. 첫 세라믹페인팅 도전에서, 강사인 나만큼 표현이 잘 안 된다고 속상해

하시는 분들이 있다. 그러면 그분들에게 늘 하는 말이 있다.

"그 마음은 이해 가지만 욕심내지 마세요. 저도 처음부터 잘했던 것은 아니었거든요. 저처럼 몇 년 동안 거의 매일 그림 그리시면, 원하시는 만큼 잘하실 수 있어요."

사실 아이처럼 연약한 초벌기물에 색칠하는 과정은 그리 호락호락하지는 않다. 주의해야 할 점들이 몇 가지 있다. 안료를 진하게 칠하게 되면 재벌 후 발색이 잘되어 선명해지지만 너무 얇게 바르면 연한 색은 발색이 잘 안 되어 생각보다 더 연하게 나오는 경우가 있다.

또 페인팅한 부분에 스치면 정성들여 칠한 안료가 지워져 버리기 때문에, 채색한 부분에 닿지 않도록 늘 신경 써야 한다. 채색되지 않은 빈 공간을 손으로 잡고 작업해야 하기 때문에, 기물에 페인팅 한 영역이 많아질수록 기물을 잡고 작업하기가 힘든 경우도 있다. 물론 잘 지워지는 안료 성격 때문에 잘못 채색했을 경우 수정이 가능하다는 장점이 있으니 너무 겁먹지 않아도 된다. 물티슈나 스펀지로 싹 지워내고 다시 색칠하면 된다.

페인팅 기법에는 여러 가지가 있다. 붓으로 색칠만 하지 않고 다양한 기법을 사용할 수 있다. 펴 바르듯 색칠할 수도 있고, 붓의 터치감-붓 터치 연습이 두 번째로 중요 포인트이다-을 이용해 한 번의 획으로 그릴 수도 있다. 점을 찍기도 하고, 직선이나 점선을 그리기도 하고, 긁개로 긁어내 표현하기도 하고, 스탠실 기법으로 나타내거나 모양 낸 스펀지를 이용해 찍기도 할 수 있다.

다양한 방법으로 원하는 대로 페인팅이 끝나면, 수분을 없애기 위해 건조한 후 유약을 바른다. 유약에 푹 담갔다가 꺼내 손으로 하나하나 문지르면서 손질해 줘야 한다. 묻어있는 조그만 이물질을 제거하고 유약 뭉침이 없도록 하기 위함이다. 시간이 꽤 걸리는, 인내심과 집중이 요구되는 작업이다. 잘못 만져서 유약이 닦여 버리면 안 되기에 조심스러운 과정이다.

가마의 열판에 닿는 그릇의 아래 바닥부분, 즉 '굽'은 물 묻은 스펀지로 깨끗하게 닦아줘야 한다. 그 부분에 유약이 묻어 있으면 고온의 가마에서 유약이 녹아 그릇을 받치고 있는 열판이 상할 수도 있다.

유약을 바르고 손질한 후, 다시 반나절 이상 건조시켜 드디어 가마 속에 넣는다. 몇 장의 열판을 이용해 그릇들이 서로 붙지 않도록 조심해서 차곡차곡 쌓아 넣는다. 그리고 가마 스위치를 올리면 온도가 서서히 올라간다. 건조되면서 생기는 수분을 가마 밖으로 내보내기 위해서 300도로 올라갈 때까지 반드시 가마의 뚜껑을 조금 열어두어야 한다.

300도까지 상승하면 그제야 뚜껑을 꼭 닫아준다. 이때부터는 모든 것이 '전기 가마의 몫'이다. 내가 어찌할 수 없는 시간들이다. 전기 가마가 무탈하게 이변 없이 잘 구워주기만을 믿고 꼬박 24시간을 기다려야 한다. 가마가 자동으로 온도를 조절하기 때문에 1,250도까지 올라가 정점을 찍고 그 다음부터는 서서히 온도가 낮아지면서 식혀진다. 이때, 식히는 과정에서 200도 이하로 온도가 떨어질 때까지 가마 뚜껑을 열어서는 안 된다. 급격한 온도 변화로 그릇들이 금이 가거나 깨져버릴 수도 있다.

가마가 비록 전기로 자동적으로 온도 조절되는 시스템을 가진 기계이지만, 함부로 다뤘다가는 재벌구이에 실패하기 십상이다. 늘 세심하게 손질해서 가마에 넣어야 제대로 된 재벌구이 그릇들을 만날수 있다. 그래서 가마에 초벌그릇을 넣을 때마다 나도 모르게 '제발 무사히 잘 나와라.' 하고 중얼거리게 된다.

내 인생은 내가 어떻게 설계하고 어떻게 살아내느냐에 따라 내가 원하는 대로 살 수 있다. 하지만 내가 어찌할 수 없는 경우도 생긴다. 그때는 하늘의 뜻에 맡기는 수밖에 없다. 세라믹 페인팅도 그러하다. 전기 가마에 들어가기 전까지는 내가 할 수 있는 모든 정성을 들여 과정을 진행한다. 하지만 가마 안에서의 숙성기간 동안, 즉 가마의 뚜껑을 닫는 순간부터 열이 식은 후 다시 뚜껑을 열 때까지는 내가 어떻게 해볼 수 있는 영역이 아니다. 일명, 하늘의 영역이다. 다만, 가마뚜껑을 닫기 전까지의 모든 과정에서 내가 얼마나 꼼꼼하게 잘 처리했느냐를 두고, 스스로에게 물어볼 뿐이다. 간혹 깨지고 금이 가고, 혹은 유약소성이 잘못된 기물이 나오는 경우가 있는데, 이때는 마음이 바빠진다. 특히 고객의 주문인 경우에는 더욱 그러하다. 처음부터 다시 작업해서 주문날짜에 맞춰 보내줘야 하기 때문이다.

인생은 그런 것 같다. 목표 세운 대로, 의도한 대로, 원하는 대로 왜 안 되느냐고 남 탓, 하늘 탓만 한다고 달라지는 것은 없다. 그동안 내가 제대로 잘 해왔는지, 아니면 어느 부분에서 실수했는지 점검해 볼 필요가 있는 것 같다.

그리고 무엇보다 내가 할 수 있는 데까지는 최선을 다하는 것이 가장 중요한 것 같다. 그리고 난 후의 결과는 있는 그대로 받아들이면서 말이다. 원했던 대로 좋은 결과가 나온다면 더 바랄 게 없겠지만, 노력하지도, 최선을 다해 보지도 않고서 결과부터 논하면 안 될 것 같다. 실수를 통해 배운다고 했다.

모든 종류의 예술 활동이 그러하겠지만, 세라믹 핸드페인팅 또한 그런 것 같다. 결과가 만족스럽지 못할 때도 있지만, 그 과정에서 새로운 사실도 함께 배운다. 또한 여러 사람들과 함께 하는 예술과정을 통해 '소통'도 늘어가고 있다.

세라믹 핸드페인팅,
나는 요즘 그 안에서 새롭게 인생을 배운다.

세라믹페인팅 과정

1 초벌기물 손질하기　　　　　　　2 스케치하기

3 채색하기　　　　　　　　　　4 유약시유

5 가마소성(재벌구이)　　　　　　6 완성작품

Part 09
한정해

프랑스 자수 강사

어릴 적부터 손으로 조물락거리기를 좋아해 지금은 바느질쟁이가 되었다.
취미가 직업이 되어 지금은 롯데백화점 문화센터에서 바느질을 가르치고 있다.
여러 사람들과 함께 나누기를 희망하고 자수 아틀리에를 준비 중이다.

직업의 정석은 없다

누구나 살면서 많은 직업을 가지듯이 나 역시 마찬가지였다. 결혼 전, 직장 생활을 한 것도 아니고 남들보다 이른 나이에 결혼을 했기에 사회생활은 물론 직업을 가질 시간적 여유조차 없었다. 그런 나에게 '무슨 직업을 이렇게 많이 가졌냐.', 혹은 '신중하지 못한 성격은 아니냐.'라고 반문한다면 나도 할 말이 많다.

솔직히 내가 하고 싶어 가졌던 직업보단 대부분이 생계형 직업이 었다. 여자는 연애하면 안 되고, 얌전히 있다가 세상 물정 모를 때 부모님이 짝지어 주는 곳으로 시집가야 한다고 주장하시는, 보수적이고 엄격한 집안의 막내딸로 살았다. 그래서 세상을 알기도 전에 소위 잘나가는 집안의 맏며느리로 선을 봐서 시집을 갔다. 친구들과 주위의 부러움을 한 몸에 받으며 나 잘난 맛에 세상을 살고 있을 때 하늘이 보기에도 한심 했는지 '세상 놀음 그만하라.'는 신호가 떨어졌다.

건강하시던 시아버님이 뇌출혈로 뇌수술을 받아 중환지실에 누워 계실 때, ○○화섬 박 사장이 죽었다는 소문과 함께 자금 회수가 되지 않았다. 거기에 엎친 데 덮친 격으로 우리나라 최고의 경제대란 IMF 가 터졌다. 수출이 많았던 회사는 부도가 났고 시아버님 계열 회사 대표로 있던 남편은 큰 어려움에 처하게 되었다. 시아버님을 대신해 남편 얼굴이 "○○화섬 부도, 계열사업체 산산 분해"라고 신문과 TV 에 대문짝만하게 나오면서 전화통은 불이 났다. 그렇게 모든 것이 무 너졌다. 부자는 3대가 먹고 산다고 누가 그랬던가. 그 시절, 남들은 말했다.

"너희들 먹고살 만큼 돈은 마련해 두어서 걱정 없지?"

하지만 대쪽 같은 시아버님의 성격으로는 당치도 않는 일이었다. 갑자기 일어난 부도에 손을 쓸 수가 없었고 모든 것을 정리한 후, 성 실한 남편은 이것저것 여러 시도를 해 보았지만 쉽게 일어설 수 없었 다. 거기에 '누구 집 아들'이라고 색안경을 끼며 보는 시선에 직장마 저 구하기 어려웠다.

나는 가만히 있을 수 없었다. 생활비를 마련해야 하기에 취미로 배 워온 '베이커리 만들기' 수업을 시작했다. 이것이 나의 첫 번째 직업 이었다. 이웃 주민들을 상대로 가르치는 것이어서 큰돈은 되지 않았 고 반찬값 정도는 벌 수 있었다. 계속 살림은 적자가 났고 상황은 더욱 어려워졌다. 때마침 같은 아파트에 사시는 분이 "○○호는 떡집을 해서 건물도 사고 땅도 샀단다."라는 말에 귀가 번쩍 띄었다. 앞뒤 가릴 것도 없이 동네에서 제일 장사가 잘 된다는 떡집으로 무작정 달려가 떡 만드는 것을 가르쳐 달라고 매달렸다. 주인은 나를 한참동안 위아래로 살펴보더니 화장품 방문판매 하는 곳을 잘 알고 있다며 그곳을 소개해주겠다고 말했다. 하지만 물러설 수 없었다.

지푸라기라도 잡고 싶은 심정에 떡 만드는 걸 꼭 배우고 싶다고 간절히 부탁했다. '험한 일은 안 해본 사모님 같은데 정말 잘할 수 있겠느냐?'라고 몇 번 물어보시더니 결국 다음 날 새벽부터 나와 일을 하라는 허락을 받았다. 어디서 그런 배짱과 용기가 났는지 모르겠지만, 그렇게 해서 나의 두 번째 직업 '떡집 아지매'가 되었다.

떡 만드는 데 자신감이 생기자 전세로 있던 집을 더 작은 곳으로 옮기고, 그 차액으로 작은 떡집을 인수하였다. 처음 하는 장사에 떡 파는 것, 주문받는 것, 배달하는 것 모든 것이 어색하고 창피했다. 손님의 싫은 소리에 눈물과 함께 기고만장하던 기는 죽었고, '한때는 잘 나가던 누구였는데.'라는 생각에 속도 많이 상했다. 하지만 원망만 하고 있을 수 없었다. '그들이 없었으면 떡집을 어떻게 할 수 있었을까.'라는 생각을 하자, 마음이 한결 편해졌다. 그러면서 동시에 감사함이 찾아들었다. 나 자신이 훨씬 자유로워지는 느낌이었다.

생각은 백지 한 장 차이라고 했던가. 감사함으로 손님을 대하자, 그 마음이 전해졌는지 손님이 점점 늘어갔다. 떡집이 잘되니 가게를 팔라는 사람이 생겨났고 돈이 필요했던 나는 가게를 처분했다. 그 후 이것저것 알아보던 중 떡 카페가 유행이라는 말에 떡집에서 쌓은 자신감으로 떡 카페를 차렸다. 하지만 너무 마음만 앞서나갔던 걸까. 호기심에 한두 번 찾던 이들이 점점 줄어들면서 가지고 있던 돈이 바닥을 드러내어 결국 문을 닫았다. 세상을 너무 만만하게 생각했던 것이었다. 그렇게 또다시 고비가 찾아왔다.

　그즈음, 언니 집 상가에 김밥집이 나왔는데 네가 한번 해 보면 어떻겠냐는 제의가 들어왔으니. 처음 해보는 김밥집인지라 어리둥절하고 손에 익지는 않았지만, '다시 시작한다.'라는 마음으로 차근차근 배워 나갔다. 친정 엄마의 음식솜씨를 물려받은 덕인지 큰 어려움은 없었다. 나의 장점인 친절함 덕에 제법 자리가 잡혔고, 장사가 잘되어서 아이들 공부도 무리 없이 시키고 집도 장만하게 되었다. 하지만 김밥집이 잘 되어가는 만큼, 몸은 점점 망가져 갔다. 흔히 말하는 직업병이 몸의 곳곳에 생겨났다. 칼질을 많이 해서 손가락에 변형이 생겨 잘 굽혀지질 않았고, 어깨며 허리며 성한 곳이 없었다. 아픈 몸을 이끌고 김밥집을 계속 해야 되나 고민이 깊어가던 그때, 평소 알고 지내는 병원 원장님의 '병원 책임자로 오면 어떻겠냐.'라는 제의가 들어왔고 나는 그것을 받아들였다.

　하지만 병원에서 일을 하기 위해서는 간호사 자격증을 취득해야 했다. 남들보다 늦은 나이에 시작한 공부지만 주야로 강의를 들으며, 열심히 공부했다. 그 덕분일까, 당당히 자격증을 취득해 간호사가 되었다. 가만히 생각해보면 '그때는 힘들다.'라고 생각했었는데, 그 당시의 경험들이 삶의 큰 스승이 되고 있음을 느낀다.

독서 모임에서 "자신이 살면서 가장 힘들었던 시간을 버티게 해 준 것"에 대해 토론하는 시간이 있었다. 그때 나는 '가족에 대한 사랑'이 있었기에 그 힘든 시간을 지켜낼 수 있었다는 결론을 얻었다. "하늘은 스스로 돕는 자를 돕는다."고 했다. 나는 나를 돕기 위해 최선을 다했다. '최선을 다한 다음, 그 나머지는 하늘의 뜻에 맡겨라.'라는 선생님의 말씀이 무엇인지 나는 느낄 수 있었다. 아이들, 소홀한 엄마이었음에도 불구하고 열심히 살아온 삶에 하늘도 감동했는지 마음이 건강하고 따스하게 자라 주었다. 나에게 제일 큰 하늘의 복이고 감사한 일이다.

만약 과거 속에서 헤매고 있었다면, 현재의 나는 없었을 것이다. 우리들의 인생은 걱정만 하기에는 너무 아까운 시간들이다. "똑같은 짐을 양쪽 어깨에 무겁게 짊어지고 가는 것보다 가슴에 품고 나가는 것이 좋다."라는 말을 들었다. 물론 전문적인 직업을 가지면 좋았겠지만 그렇지 않더라도 너무 두려워하지 않았으면 좋겠다. 직업의 정석은 없다. "두드리라. 그러면 열릴 것이다." 두드리지 않고 훗날 후회하는 일은 하지 말아야 한다. 잠재된 무한한 에너지는 우리가 밖으로 꺼내지 않으면 알 수가 없다.

한승원 작가는 말했다. "알 수 없는 '나'가 가진 무진장한 에너지를 어떻게 하면 좋은 일을 하는 쪽으로 솟구치게 돌려놓을 것인가 하는 것이다. 성적인 행위 쪽에서 솟아나려 하는 의지를 사업하는 쪽으로 잘 돌려놓는 자는 성공한다. 시기, 질투하고 증오하는 에너지를 달래고 아끼고 보호하고 북돋워 주는 쪽으로 돌려놓는다면 그는 선행자가 된다."

지금 나는 또 다른 직업을 준비하고 있다. 틈나는 대로 배워온 자수 아틀리에를 가지는 것이다. 하지만 이번엔 생계형이 아니라, 온전히 '나 자신을 위한 직업'이다. 그동안 늘 꿈꿔왔던 바느질을 가르치며, 좋은 사람들과 소통하는 공간을 만들고 싶다. 가끔 지나간 세월을 되돌아 볼 때가 있다. 힘들고 어려웠던 시간들이었지만, 그것이 지금의 나를 지탱해주고 있는 것 같다. 피할 수 없다면 온몸으로 껴안아라. 나는 그 말이 '진짜'라고 생각한다.

소중한 인연이 있어 나는 풍요롭다

얼마 전 호주에 사는 친구와 통화를 했다.

"9월이나 10월에 나가면 우리 모여서 여행 갈 수 있을까? 너희들도 보고 싶고 좋은 가을날 콘서트도 가고 싶어."

"우리 예전에 오십 살이 되면 여행 한 번 가자고 했는데 벌써 오십 하고 한 살이 지났어. 더 늦기 전에 빨리 뭉치자."

"말만 하지 말고 꼭 그러자."

나는 잘나고 특별한 사람과는 친하게 지내지 못한다. 내가 부족해서인지 모르겠지만 그냥 보통 사람, 착하고 진정성을 가진 사람, 소박한 사람, 마음이 따뜻한 사람이 좋다. 그래서 지금껏 많은 사람을 사귀지는 못했지만, 나를 찾아온 인연을 소중하게 생각한다. 그 인연들은 나를 행복하게 하고, 내가 살아 있음을 느끼게 해 준다. 나의 선생님이며, 친구이며, 내 삶의 구성원들이다. 그런데 그 소중한 친구들이 모두 가까이에 살고 있지 않다. 한 친구는 호주, 또 다른 친구는 부산에 살고 있다. 거기에 부산에 사는 친구는 일 년의 반 이상을 중국에 가 있어 만나는 것 또한 쉽지 않다. 세상이 좋아져 카카오톡이나 보이스톡이 생겨 전화요금 걱정 없이 수다를 마음껏 떨 수 있다는 사실이 감사할 뿐이다.

호주에 사는 친구는 결혼과 동시에 이민을 갔고 '스시 집'을 세 개나 운영하고 있다. 얌전하고 잘 나서지 못하는 성격의 친구인데 어떻게 장사를 하는지 궁금하다. 하얀 피부에 부리부리한 눈, 오뚝한 코, 예쁘다는 소리를 친구들 중에서 제일 많이 들었다. 혹 아쉬운 소리를 해야 될 때면 언제나 그 친구를 앞세우기도 했었다. 지난번 친정 엄마가 아프다고 방문했을 때 나잇살이 보기 좋게 오른 중년의 모습이었지만, 아직도 미모는 여전했고 넉넉함과 편안함이 더해지면서 보기 좋은 모습이었다.

학창시절 예쁜 얼굴 덕에 뭇 남성들로부터 사랑 고백도 숱하게 받았던 친구. 미팅에서 나와 파트너였던 남자는 지금 친구의 남편이 되었다. 아무래도 예쁜 얼굴의 친구에게 더 끌렸던 모양이다.

하지만 그 친구의 진짜 매력은 '예쁜 얼굴'에만 있지 않다. 잘났음에도 불구하고 전혀 잘난 척하지 않는, 외국 사람 앞에서도 전혀 기죽지 않는 '당당함'에 있다. 부당한 것이 있으면 외국인과 영어로 말하면서 싸움하기도 한다는 당찬 그녀. 내가 할 수 없는 걸 하고 있는 친구에게 멀리서나마 박수를 보내주고 싶다. 친구는 크리스천이라 그

런지, 아니면 태어날 때부터 타고난 천성인지 매사에 감사함이 따른
다. '뭐가 그렇게 감사하냐?'고 묻는 질문에 친구는 말한다. "사는 게
감사지." 명쾌하고 단순한 대답이다.

"그래, 그렇지. 사는 게 감사지."
그렇게 친구를 통해 감사함을 배운다. 바로 그 친구가 우리를 보고
싶어 한다. 어쩌면 친구는 김치 냄새, 된장 냄새, 엄마 냄새, 시끌벅적
한 시장통 냄새가 그리운 건지도 모르겠다.
"친구야, 언제든지 놀러 와."
"버선발로 마중 갈게. 옛이야기 하면서 다시 청춘으로 떠나 보자."

부산에 사는 친구는 남편 영향도 있겠지만 진취적이면서 겸손하
다. 남편이 잘나가는 회사 임원인 덕에 늘 바쁘다. 남편 직위가 아내
직위를 대변하듯 임원 부인들 모임, 직원들 대소사, 남편의 자잘한 일
들을 챙겨 주면서 '표시가 안 나는 일'들로 바쁘다. 그럼에도 불구하
고 조금이라도 틈이 나면 "뭐해, 바빠? 별일 없지?"라고 안부전화가
온다. "남편에게 치즈 케이크 먹고 싶다고 해도 안 사준다. 섭섭하다.
기분 나쁘다. 내가 먹고 싶다는데 그럴 순 없다."라며 투정 섞인 전화
가 오기도 한다. 귀엽고 사랑스럽다.
그뿐이 아니다. 중국 갔다 올 때면 매번 내가 좋아하는 육포와 고
량주를 세관원에게 들키지 않게 가방에 꼭꼭 숨겨온다. "이번에도 들
키지 않고 통과했어. 너 때문에 들어올 때마다 가슴 졸여."라며 투덜거

리면서도 지금껏 한 번도 빠지지 않고 챙겨 주는 인정 많은 친구이다.

　마음은 얼마나 고운지 대출 조금 끼고 부산에서 값이 제법 나가는 아파트로 이사하려고 마음먹었다가도 지금 있는 곳도 큰 불편함이 없으니 무리해서 이사하지 않겠다고 한다. 차라리 그 돈으로 여유를 가지고 부모님 살아 계실 적에 맛있는 거 사 드리며 효도하는 것이 더 낫다는 것이다. 요즘처럼 이기적이고, 자기만을 아는 세상에서 보기 드물게 마음 고운 친구이다. 이런 친구들이 있기에 나는 열 친구가 부럽지 않다.

　(책이 나오기 전 어느 멋진 가을 날, 호주, 서울, 부산, 대구 사는 곳을 떠나 50살을 기념하며 가방 하나씩 챙겨들고 우리들의 여행을 다녀왔다.)

　마음 한 구석에 늘 자리 잡고 있는 인연이 또 하나 있다. 딸아이 초등학교를 다녔을 때니까, 십오 년도 더 된 것 같다. 그녀는 가까이 다가가기에 너무 도도해 보였고 거기에 서울말까지 하니, 내 눈에 꼭 '서울 깍쟁이'처럼 보였다. 그런 탓에 소문 또한 무성했다. 하지만 외모와 선입견으로 판단한 나의 생각은 보기 좋게 빗나갔다. 그녀는 대학 교수에다 K방송국의 아나운서라는 스펙을 가졌다는 것을 빼고는, 나보다 몇 살 위인 멋진 언니였다. 틈만 나면 나를 찾았고 동생처럼 어디든 데리고 다니며 챙겨 주었다. 나는 그녀의 스타일을 따라했다. 치마를 입으면 나도 치마를 입고, 모자를 쓰면 따라 쓰고 무작정 닮으려고 했다. 알고 있기는 했을까. 내가 그녀를 따라하고 있다는 것을.

　그녀는 매일 108배를 하며 기도한다고 들었다. 기도 중 하나는 '나를 위한 기도'도 있다고 했다. 나를 위해 무슨 기도를 했을까? 물어보지는 않았지만, 가끔 '그녀의 기도 덕분에 지금 내가 잘살고 있는 게 아닐까?'라는 생각을 해보기도 한다. 오래된 과거의 인연이지만 나는 인연의 끈을 소홀히 하지 않고 가끔씩 가슴에서 꺼내 본다. 다시 인연이 닿아 만나게 되면 어제 헤어진 것처럼 웃는 얼굴로 마주하고 싶다.

올 초, 감사한 새로운 인연이 생겼다. 책을 효율적으로 읽고자 독서모임 하는 곳을 찾고 있었다. 그러면서 알게 된 곳이 공감의 독서모임이다. 독서 초보인 나에게 '부담 갖지 말고 편안한 마음으로 오시면 된다.'라는 한 톤 낮은 목소리가 나를 이끌었다. 책을 통해 만난 인연이라 그런지 생각하면 가슴이 따뜻해지고 뭉클해진다. 독서 모임을 이끄시는 선생님은 화장기 없는 얼굴에 적당히 통통하고 예쁘지도 밉지도 않은 얼굴이었다. 가끔은 술병이 났다며, 살아가는 이야기로 마음이 닫혀 있던 나의 마음을 열어주기도 한다. 무엇보다 가장 좋은 것은 나의 사소한 이야기를 끝까지 고개를 끄덕이며 들어준다는 것이다. 갑상선 치료 이야기와 아이가 어릴 때 큰 수술을 하면서 어려웠던 이야기를 하면서 힘든 순간도 있었지만 책을 읽으면서 아픔을 극복하고 목표를 가졌다는 선생님. 거기에 함께하는 회원들 역시 각자의 내면 깊은 곳에 감추고 싶은 것들, 아픔, 슬픔을 꺼내면서 서로의 마음을 위로하고 또 위로받는 곳이 바로 독서모임이다. 그런 독서모임에서의 인연으로 인해 새롭게 태어나는 요즘이다. 여기까지 소개한 인연들은 내 삶에 있어 요란스럽지는 않지만 살아가는 큰 힘이 되어 주고 있다. 나 역시도 누군가에게 희망을 주고, 삶을 지탱해 주는 그런 인연이 되고 싶다. 피천득 시인의 『수필』에 이런 글이 있다.

"어리석은 사람은 인연을 만나도 몰라보고
보통 사람은 인연인 줄 알면서도 놓치고
현명한 사람은 옷깃만 스쳐도 인연을 살려 낸다."

어리석은 사람은 되고 싶지 않다. 보통 사람도 되고 싶지 않다. 현명한 사람이 되어 지금 함께하고 있는 소중한 인연들과 오래도록 마음을 나누며 살고 싶다.

이제부터 '엄마'라고 부르고 싶습니다

　나는 착한 딸이 아니다. 아버지를 떠올리면 늘 따뜻한 마음이 들지만 어머니를 떠올리면 마음 한구석이 불편해진다. 어머니는 결코 실수나 잘못을 용납하지 않으셨다. 어릴 때부터 존댓말을 강요하셨고, '엄마'라고 부르기보다는 '어머니'라고 부르도록 가르치셨다. 마음씨 좋으시고 느긋한 성격의 아버지와 네 남매를 먹여 살리고 그것도 모자라 시누이, 시동생, 친정 동생까지 책임져야 했던 어머니는 학교 선생의 박봉으로는 턱없이 부족한 살림살이를 위해 돈이 되는 일이라면 무엇이든 마다하지 않고 해내셨다. 그런 어머니 덕에 나는 육성회비 한 번 안 밀리고 학교에 다닐 수 있었다. 아마도 그런 억척이 어머니를 '여장부'로 만든 것이 아닌가 싶기도 하다.

　주변에서 친구들이 어머니에게 '엄마'라고 부르며 싸웠다가도 금방 풀어지는 모습을 보면 많이 부러웠다. 우리 집에서는 상상도 할 수 없는 일이었다. 얼마 전의 일이다. 나와 딸의 친근한 모습을 보고는 어머니는 부럽다고 말씀하셨다. 그런 어머니의 속마음을 읽지 못한 나는 이렇게 물었다. "그러게, 왜 그렇게 엄하게 하셨어요? 어머니 탓이에요."라고. 그 말에, "엄하게 가르쳐야 되는 줄 알았다. 그래야지 반듯하게 자라는 줄 알았다."라고 말씀하시고는 마음 아파하시는 어머니. 어머니의 아킬레스건을 건드린 것 같아 괜히 코끝이 찡해졌었다. 사실 어머니도 자식과 친구처럼 지내며 토닥거리고 싶었던 것이다. 엄하셨지만 사랑이 있었다는 것을, 오랜 시간이 흐른 후에야 알 수 있었다. 어머니의 인생을 이해하기보다 원망하기에 바빴으니 돌이켜 생각해보면 부끄럽다.

어머니는 '안동 권씨'의 양반가에서 태어난 것을 자랑스럽게 생각하셨다. 시골이지만 넉넉한 살림의 외동딸로 머슴을 거느리며 궂은 일이라고는 해본 적이 없으셨다. 아마 그 시절의 추억은 지금도 어머니의 마음속에 큰 버팀목이 되고 있는 것 같다. 아버지와 어머니는 스승과 제자의 관계로 만나 혼인하셨다. 아버지는 첫 발령 받은 여학교에서 어머니를 처음 만났다고 하셨다. 양 갈래로 얌전하게 땋은 검은 머리에 복스러운 얼굴로 하얀 칼라의 교복 입은 어머니의 모습에 첫눈에 반했다고 하셨다. 아버지는 조용히 수를 놓고 있는 모습에 반해 수업 후 빵을 사 주겠다며 어머니를 불러냈다고 하셨다. 애들 표현으로, 빵을 미끼로 작업을 거신 것이다. 그 시절 이야기를 꺼내면 어머니는 늘 반기를 드신다.

"옛날에는 선생님이 하늘인 줄 알았지. 바깥에서 외간 남자 만나면 결혼해야 되는 줄 알았다. 내가 순진해서 느거 아부지한테 속았어."

이 말에 아버지는 환하게 웃으시며 대답하신다.

"맘에 없으면 와 빵집에 나왔노? 내 잘생긴 얼굴에 반했지. 내 얼굴이 보통 잘생긴 얼굴이가?"

사실 아버지는 그 시절에 보기 드물게 영화배우처럼 잘생긴 외모에 멋쟁이여서 여학생에게 인기가 많았다고 한다. 고집스러움과 억척인 성격으로 변해 버린 어머니, 그 옛날 수를 놓던 곱디고운 모습은 어디로 가버린 걸까.

아버지가 간암으로 갑자기 돌아가신 후, 어머니는 우울증에 걸리셨다. 아버지의 죽음과 함께 말문을 닫아버린 것이다. 원래 말이 별로 없는 타고난 성품도 있겠지만 그 세대로서는 보기 드물게 다정다감했던 아버지였기에 상실감은 이루 말할 수 없었을 것이다. 그 힘든 몸과 마음으로 지금까지 지탱할 수 있었던 것은 아마도 '아들' 때문이라고 생각한다. 딸 셋에 아들 하나뿐이기에, 아들에 대한 어머니의 애착은 남다르다. 애착이 집착이 된 것 같아, 오빠는 많이 부담스러워하지만 어머니에게 오빠는 '원수 같은 아들'이자 '하늘 같은 아들'이다.

어머니는 지금껏 자식에게 신세를 끼쳐서는 안 된다는 신조로 살아 오셨다. 얼마 전 백내장 수술을 하셨는데 누구에게도 말하지 않고 혼자 수술하고 오셨다. 또 어머니는 무엇을 하더라도 당신 혼자 하시고 나중에 우리에게 말씀하신다. 그런 일로 자식들과 언쟁이 많지만, 어머니는 포기하지 않으신다. 힘들면 자식에게 기대도 되는데 여전히 '신세'라고 생각하시는 어머니는 '잠자던 중, 자는 듯이 죽는 게 소원이다.'라고 매일 기도하신다.

　어머니와 함께 있어 주는 것으로도 효도라는 것을 알고 있는데, 솔직히 쉽지가 않다. 나이를 먹을수록 어머니와 꼭 닮은 외모와 습관 때문에 자주 놀라게 된다. 나약해지는 어머니를 생각하면 마치 나의 미래 모습을 보는 것 같아 서글퍼지기도 한다. 내가 바느질을 좋아하는 것만 보아도 더욱 그렇다. 어머니가 나에게 베푼 것에 대한 좋은 기억은 없고, 섭섭한 것만 기억하고 가슴에 담고 있으니 부끄러운 일이다. '자식은 아무리 따라가도 부모 반도 못 따라간다.'라는 말이 있다. 큰 병치레 없고 곁에 계신 것만으로 위안되고 감사한 일인데, 내 자식 귀한 줄만 아는 못난 딸이다. "오늘도 왜 이렇게 오래 사냐?"라고 한숨짓는 어머니에게 지금이라도 마음을 전하고 싶다.

　"자식 그만 챙기고 당신만 생각하시고 편안한 마음 가지세요. 어머니, 아니 이제부터는 엄마라 부르고 싶습니다. 엄마, 사랑합니다."

'소박한 맛'이 최고다

요즘 '퇴직 후의 시골생활'이 유행처럼 번지고 있다. 나 또한 직장을 그만두면 시골 생활을 할 계획이 있어, 주말이면 경상북도 포항에서 북쪽으로 20km 정도 떨어진 마을로 향한다. 입암마을, 마을 한중간에 큰 돌이 있다 하여 '입암마을'이다. 하지만 내가 자리 잡은 터는 마을로부터 골짜기 쪽으로 안에 있다 해서 '골안'이라고 불리는 곳이다.

지금은 사람들이 거의 떠나고 몇 가구 살지 않지만, 주말에 가면 눈도장을 찍고 반기는 이웃들이 있다. 햇살 듬뿍 받아 붉은 색을 띤 냉이가 지천에 널려 있는데도 "반장님, 냉이가 어떤 거예요?"라고 물으면 직접 삶은 고구마를 내어 오시던 반장 아주머니는 말씀하신다.

"우짜노~아이고! 이래 가지고 농사는 무슨 농사!!"
"발밑에 있는 게 전부가 냉이구만. 마, 사 먹으라."

계곡을 사이에 두고 낮에는 환경미화원으로 일하고 틈나는 대로 벌을 치시는 아저씨, 장군이 나왔다는 터에 자리 잡고 마주칠 때마다 집터 자랑을 하시며 내게 산나물 종류를 가르쳐 주시는 할머니, 시골 살이를 희망하며 주말마다 와서 땅을 가꾸시는 포항 아저씨네 부부까지. 시간이 흐를수록 도시에서 알지 못한 정(情)과 자연을 느낀다.

봄에는 파릇파릇 솟아나는 새싹과 이름 모를 꽃들을 만날 수 있고, 여름에는 싱그러운 초록 냄새와 함께 흐르는 계곡의 물소리에 마음까지 시원해진다. 가을엔 높은 하늘과 노랗고 빨갛게 물든 단풍들, 다람쥐들이 눈을 반짝이며 오물오물 알밤 까먹는 모습까지 모든 것이 정겹다. 앙상한 가지에 흰 눈이 곱게 앉은 겨울의 모습은 영락없는 그림 속 한 장면이다. 이렇듯 계절마다 자연이 주는 느낌이 다르다.

나는 사계절 중 봄이 제일 좋다. 민들레, 제비꽃, 비비추, 망초, 질경이, 찔레꽃 등 봄철 내내 꽃 구경으로 눈이 즐겁다. 무엇보다 '봄' 하면 '쑥'이다. 언 땅을 헤집고 뾰족이 제일 먼저 얼굴을 내민다. 어린 쑥을 세 번 해 먹으면 한 해를 잘 넘긴다는 말처럼, "7년 된 병을 3년 묵은 쑥으로 고친다."라고 할 만큼 생명력이 강하다. 히로시마 원자폭탄을 맞고도 살아남은 것이 '쑥'이라고 했다. 이렇듯 '쑥 예찬'은 끝이 없다. 올해도 봄을 알리며 어김없이 쑥이 얼굴을 내밀었다. 어린 '햇쑥'을 뜯어 세 번 쑥 요리를 해 먹었다.

첫 번째 쑥 요리로 '애탕국'을 끓였다. 애탕국은 다시 물에 된장을 풀고 어린 쑥을 데쳐 다진 쇠고기를 함께 섞어 완자 모양으로 빚어 넣고 끓인 국이다. 짐작하건데 가난했던 시절 겨우내 먹지 못했던 단백질을 쑥과 함께 먹던 옛 어른의 지혜가 아닌가 싶다. 나와 이웃한 이들과 나눠 먹으니 모두 '맛있다.'라는 반응이라, 입꼬리가 올라가면서 어깨가 절로 으쓱거렸다.

두 번째로 흔히 말하는 '쑥 털털이'를 해 먹었다. 멥쌀가루를 곱게 빻아 설탕, 소금, 콩을 넣고 어린 쑥과 함께 툴툴 털어 푹 쪄 주면 된다. 그래서 이름 또한, '털털이'다. 만드는 과정도 쉽지만 한입 베어 물면 쑥 향기가 입안에 가득 채워지는 느낌이 일품이다. 마지막 쑥 요리는 쑥전이다. 쑥전은 밀가루를 푼 물에 쑥을 넣은 다음, 기름을 두르고 바삭하게 지져내면 완성인데 쑥 향기와 바삭함이 더해져 맛이 묘하게 어울린다.

햇쑥으로 한 음식을 세 번 먹었으니 올 한 해는 거뜬하게 보낼 것 같다. 자연에서 나는 식재료를 접하다 보니 많은 것을 생각하게 된다. 어릴 적 쉽게 접하던 음식들인데 이제는 '별식'이 되어버려 씁쓸하기도 하다. 시골 생활을 하면서 들판에서 제철에 나오는 식재료들이 얼마나 좋은지 알게 되었다.

옛날부터 한국인은 '밥심'으로 산다고 할 정도로 먹는 것을 중히 여겨, 제철에 나오는 신선한 재료로 음식을 장만했다. 사찰음식으로 유명한 여연 큰스님은 "불가에서는 농사짓는 사람들의 공덕을 생각하면서 배부르게 먹지 말고 약이 되게 먹어야 도업을 이룰 수 있다."라고 하셨다. 현대인들은 너무 잘 먹어 성인병이니, 대사증후군이니 하는 것들이 생긴 것 같다. 어느 식당이 유명하다고 하면 어떻게든 찾아가 줄을 서서라도 먹고 온다. 그러고는 다시 해독해야 한다면서 값비싼 약재들을 챙겨 먹는다. 조상님들이 들으면 웃으실 일이다.

요리 프로가 대세인 요즘이다. 소개되는 음식마다 퓨전이다, 뭐다 하는데 내가 보기엔 국적불명의 음식이 가득하다. 몇 번 먹다보면 김치를 찾을 것 같다. 어머니가 만들어 주셨던 음식처럼 아무리 먹어도 질리지 않는 그 맛을 찾게 될 것 같다.

간장, 된장, 고추장을 기본으로 하는 우리의 음식은 '기다림'으로 맛을 내기 때문에 깊이가 남다르다. 거기에 몇 십 년이 지나도 변하지 않는 어머님들의 지혜와 정성이 배어 그 맛은 말로 표현하기 어렵다. 즉석음식은 편리한 측면에서 으뜸일지는 몰라도, '본래의 맛'을 내는 데에는 부족함이 많다.

많은 시간이 흐른 지금에서야 왜 '소박한 맛이 최고'라고 했는지 알것 같다. 시골 외할머니 댁에 가면 외할머니께서 감자며 옥수수를 섞어 가마솥으로 해 주시던 밥이 생각난다. 진수성찬은 아니지만 집 앞 텃밭에서 고추, 오이를 바로 따 와 고추장에 푹 찍어 한입 베어 물면, 아삭거리는 소리와 함께 목구멍 안으로 밀고 들어오는 자연의 맛이 그리워진다. 소박한 맛과 함께 '아이구, 내 똥강아지.'라며 정겹게 불러주시던 외할머니, 자연에서 살다가 자연으로 돌아가신 외할머니의 다정한 목소리와 온화한 미소가 보고 싶어진다.

나는 아들이 자랑스럽다

나는 아들이 좋다. 잘생기지도 않고 조금은 못생겼지만 허파에 바람 든 것처럼 싱글거리는 모습이 좋다. 그 모습을 보고 있자면 나도 모르게 웃음부터 나온다. 하루 종일 입을 가만 두지를 못하고, 계집애처럼 조잘거리는 모습에, '자고로 남자는 입이 무거워야 한다.'라고 면박을 주어도 '씩' 하고 웃고 만다. 어떨 때 말을 않고 가만히 있으면 오히려 허전하고 이상해 말을 건네게 된다.

아들은 공부는 큰 취미가 없어 대학을 갈 것인가, 기술을 익힐 것인가로 고민했고, 결국 '기술' 쪽으로 진로를 택했다. 미용 기술을 익혀 미용사가 될 테니, 대학 가는 등록금으로 영국에 있는 비달사순 미용학교에 보내달라고 했다. 그렇게 꽉 막힌 성격의 엄마는 아닌지라 흔쾌히 허락했다. 그렇게 하길 일 년, 미용기술자격증을 따고 졸업 후 시내 미용실을 다니더니 서울에 가고 싶다고 했다. '사람은 큰 물에서 놀아야 한다.'면서 강남 한복판에 자리 잡은 꽤 유명한 미용실에 취업했다. 이제까지 연예인이며 유명한 사람을 마주칠 일이 없었던 촌놈이 바로 코앞에서 마주하게 되니 신기해하며 연일 전화를 해댔다. 비록 수습단계지만 목표 없이 대학 다니는 학생들보다 '자신의 꿈'을 향해 열심히 미용을 익히고 있는 아들을 내심 기특해하고 있었다. 그러던 어느 날, 청천벽력 같은 소리가 날아들었다.

미용을 배우며 열심히 하고 있는 줄로만 알고 있었는데, 미용을 그만 두고 '믹솔로지스트'가 되고 싶다는 것이었다. 생전 들어보지도 못한 그 이름에 놀라고 당황스러웠다. 국내에서도 알려지고, 전문가도 많은 '와인 소믈리에 바리스트'에 대해서는 익히 알고 있었다. 하지만, '믹솔로지스트'는 생소했다. 일명 '바텐드'라고 하는데, 예술성을 바탕으로 Mix(혼합하다)와 Ologist(학자)라는 합성어로 '새로운 칵테일을 만드는 예술가'를 일컫는 말이라고 했다. 외국에서는 예술가로 인정해 주는 직업이라지만 나도 그렇고 아직까지 우리나라에서는 술과 관련된 일이라면 색안경을 끼고 보는지라 탐탁치 않았다. 무엇보다 이제까지 미용에 투자한 시간과 노력이 아까워 나는 단호하게 '안된다.'라고 했다.

지금껏 아들이 의견을 제시하면 '우리 서로 생각해 보자.' 혹은 '네가 알아서 해라.'라고 얘기해 주었다. 특별한 경우를 제외하고는 반대를 하지 않았기에, 이런 나의 단호한 대답에 아들도 많이 놀랐다.

여러 사례를 들어 나를 설득하려 들었지만, 나는 꿈쩍도 하지 않았다. 손톱이 들어올 틈조차 주지 않았다. 아무래도 안 되겠다 싶었는지, 아들은 전화 한 통 하지 않더니 한 달 동안 연락두절 상태가 되어 버렸다.

처음 일주일 정도는 '괘씸함'으로 연락이 되지 않아도 지낼 수 있었다. 하지만 점점 시간이 지나갈수록 걱정이 앞서기 시작했다. '별일 없겠지, 마음 접고 있겠지, 무슨 일이 생기면 연락 오겠지.' 라며 애써 마음을 진정시키면서 '아들'에 대해 생각해 보았다. 아들에 대한 생각이 깊어질수록, 내가 아들을 너무 몰랐나 싶기도 하고, 나의 욕심만 너무 컸던 게 아니었나 싶기도 했다. 지금껏 별 문제없이 시간의 흐름에 따라 자연스럽게 커 주었다. 공부를 안 했다고 했지만, 그렇다고 바닥을 친 것도 아니었고, 사고를 쳐서 학교에 불려간 적도 없다. 생각이 거기까지 미치자, 문득 아들이 쉽게 생각하지는 않았을 거라는 느낌이 들었다. 군대 생활을 하면서도 '믹솔로지스트' 자격증을 따기 위해 공부를 했다고 말한 아들이다. 그렇게까지 아들이 원한 것이다.

아들이 정말 하고 싶은 일은 무엇일까?
행복한 아들의 삶은 무엇일까?

수많은 고민 끝에 결론을 내렸다. '그래, 한 번 믿어보자.', '좋아하는 일을 하며 살고 싶다는 아들의 선택을 믿어주자.'라고. '돈'보다는 '행복 지수'가 더 중요하다고 생각한다. 어떻게 보면 자신의 미래를 스스로 설계하는 아들의 행동은 무엇과도 비교할 수 없는 '가치 있는 행동'인 것이다.

　새로운 일을 개척한다는 것은 힘든 일이다. 때로는 사람들의 무시를 받거나 이해시키기 위해 노력해야 하는 일도 생긴다. 또 장황한 설명으로 이야기해야 할 때도 있다. 하지만 힘든 시간을 버티면 언젠가는 알아줄 일이 생길 거라고 믿는다. 품 안의 자식으로만 생각했는데 어느새 어른이 되어 버렸다. 그 사건이 있은 후 몇 년이 흐른 지금, 아들은 자신의 결정에 후회하지 않는 삶을 살고 있다. 평소 하지 않던 공부도 열심히 하더니 대학에도 입학하고 또 졸업도 했다. 그 결과 서울에서 유명한 오성급 외국 호텔에 취업해 미래가 불확실한 청소년들을 위해 '꿈'에 대해 강의도 하고, 국가 대표 평가전에서 일등을 해 한국 대표로 세계 각국의 믹솔로지스트들과 당당히 맞서고 있다.

　얼마 전 이십대 청년이 자신을 비관하는 유서를 써 놓고 옥상에서 뛰어내리는 중, 만삭의 아내, 어린 아들과 함께 거기를 지나던 사십대 가장과 부딪혀 죽었다는 뉴스를 보았다. 잘못된 청년의 생각이 한 가정을 쑥대밭으로 만들어 버린 것이다. 마음이 아프고 안쓰러워진다. 김훈의『라면을 끓이며』중에서 아들에게 한 말이 있다.

　"낚시 바늘을 발라내고 먹이만을 삼킬 수는 없다. 세상은 그렇게 어수룩한 곳이 아니다. 낚시 바늘을 물면 어떻게 되는가. 입천장이 꿰여서 끌려가게 된다. 이 끌려감의 비극성을 또한 알고, 그 비극과 더불어 근면해야 하는 것이 사내의 길이다. 그것을 알면 사내의 삶에 가장 중요한 부분을 아는 것이고, 이걸 모르면 영원한 미성년자다."

행복은 '조건'이 아니라 '선택'이라고 했다. 남을 위해서가 아니라 우리 모두는 자신의 행복한 삶을 위해 '선택'을 해야 한다고 생각한다. 녹록하지 않은 삶으로 인해 가끔 힘들기도 하지만, 그것조차 긍정하며 맞서 살아가야 한다. 그런 의미에서 주어진 삶의 주인이 되어 열심히 자기 삶을 찾아가는 아들. 아들아! 엄마는 네가 자랑스럽다.

민아, 항상 너를 응원한다

올해는 다른 해보다 유난히 비가 잦은 것 같다. 더위를 알리는 이른 여름비가 종일 내린다. 너와 마주하고 있을 때는 느끼지 못했는데, 네가 없는 며칠은 몸뚱이에서 세포 하나 떨어져 나간 것처럼 허전하고 쓸쓸하다. 보노(너의 애완견)마저 너의 빈자리를 아는지 도통 밥을 먹지 않는다.

소극적이고 내성적인 성격의 네가 처음으로 친구들과 11박 12일로 배낭여행을 간다고 했을 때 솔직히 엄마는 걱정이 앞서기보다는 기뻤다. 조금 더 너를 성장시킬 수 있는 좋은 기회라는 생각이 들었다. 이미 네가 알고 있는 것처럼, 엄마는 젊은 시절 외할머니의 엄격함 때문에 친구와의 추억거리를 만들지 못했었다. 그렇기에 '너는 그러지 않게 해야지.'라는 마음에 두말하지 않고 승낙했다. 거기에는 지금까지 네가 보여주었던 '너에 대한 믿음'도 상당히 작용했음을 고백해야 할 것 같다.

성인이 된 지금 너는 하나밖에 없는 나의 딸이자 나의 친구이며 동시에 나의 안식처란다. 어릴 때부터 너는 똑똑한 아이였다. 태어나서 백 일 동안 밤낮이 바뀌어 고생한 것과 오빠와 토닥거리며 다툰 것 외에는 나무랄 일도 별로 없었다. 지금도 너는 그런 딸이다. 얼마 전, 네가 "엄마, 나는 철이 일찍 든 것 같아. 사춘기도 혼자서 해결한 것 같고. 나한테 고맙다고 해."라고 했을 때, 순간 엄마의 가슴이 먹먹해졌던 것을 네가 느꼈는지 모르겠다.

한참 엄마의 손을 빌릴 나이에, 바쁜 엄마를 대신해 혼자 일어나 챙겨먹고 학교에 가야 했고 그 시기에 아빠마저 병원에 입원해 있었던 터라 엄마가 병원에서 많은 시간을 보내고 있었는데, 그럼에도 불구하고 나쁜 길로 빠지지 않고 꿋꿋이 너의 길을 가주었다.

"그래 민아, 정말 고마워."

더 멋진 말을 해주고 싶었는데, "고맙다."라는 말밖에 어떤 말도 떠오르지 않는구나. 대학을 졸업 후, 취직해 첫 월급으로 운동화를 선물해주던 날이 생각나는구나.

"엄마, 건강을 위해 운동화 신고 운동 열심히 해. 아프면 안 되니깐."

힘든 간호사 일을 하며 받은 돈이라는 것을 알기에, 무엇보다 귀하고 고마웠단다. 공무원 시험을 보기위해 네가 직장을 그만두겠다고 했을 때, 간호과장님께서 그러시더구나. "요즘 젊은 사람답지 않게 생각이 뚜렷하고 책임감 있는 것 같으니, 공무원 시험 대신 자기 밑에서 일하게 하면 좋겠다."라고.

솔직히 말하면 그 이야기에 엄마는 정말 하늘을 날아갈 것만 같은 느낌이었단다. 나도 다른 엄마들처럼 별반 다르지 않게 자식 칭찬하는 소리를 좋아하는 속물 같아 보이겠지만, 그 순간 엄마는 행복했단다. '사회생활을 잘 하고 있겠지.'라고 믿으면서도 걱정이 많았는데, '엄마의 노파심'이었다는 것을 깨달았단다.

너도 이제 남자친구가 생겼으니 결혼에 대해 생각하고 있겠지. 물론 너의 남자친구는 예의 바르고 착실하다는 걸 알고 있지만, 인생 선배로서 꼭 당부해주고 싶은 말이 있단다. 결혼한다고 해서 '남의 집' 사람이 되었다고 생각하지 않는다. 오히려 '새로운 삶의 시작'이라는 생각한단다. 그래서 좋은 남편을 만나 너의 삶이 더욱 무르익었으면 좋겠다. 아무리 사랑해서 결혼했지만 언제나 늘 마음이 같을 수는 없단다. 의견이 다를 수 있고 맞지 않을 수도 있단다. 어려움이 찾아오면 참고 견뎌야 하고, 힘든 일이 있으면 같이 극복하기 위해 노력해야 한단다. 물론 너는 지혜롭고 현명한 아이라, 잘 해나갈 거라고 엄마는 믿는다. 엄마가 좋아하는 피천득 수필가는 이렇게 말했단다.

"세월은 충실히 살아온 사람에게 보람을 갖다 주는 데 그리 인색지 않다."

이제까지는 수월한 삶을 살았다지만 세상을 살다 보면 너의 뜻처럼 되지 않을 때가 많단다. 실망하고 좌절하는 시간들이 너를 찾아올 수도 있을 것이다. 그런 날을 위해 네가 절망하지 않고 노력하며 살아갈 수 있도록 가슴에 새겨야 할 몇 가지를 말해주고 싶구나.

첫 번째는, '정직'이란다. 자신에게 정직하지 못하면 남에게도 자유롭지 못하다. 겉모습만 번지르르하게 포장하며 살아가는 사람은 늘 위태롭다. 목표로 하는 것에 도달하기도 전에 망가져 버린다. 하지만 정직하게 살아가는 사람의 삶은 누구보다 풍성하단다.

두 번째는, '긍정의 힘'이다. 긍정적인 시선으로 보면 삶 자체가 행복하다. 행복은 멀리 있는 것이 아니라, 네 마음속에 있단다. 부정적인 시선으로 바라보면 '행복'은 결코 찾을 수 없단다.

세 번째는 '감사하는 마음'을 가지라는 것이다. 사실 '감사하는 마음'을 가지는 것은 쉽지가 않단다. 그러나 '감사하는 마음'에는 '부정'을 '긍정'으로 바꾸는 힘이 있단다. 민아, 세상에는 감사한 일들로 충만하단다. 엄마의 경험으로 보아도 그 힘들고 어려웠던 시간들이, 훗날에는 '원망'이 아니라 '감사'로 변해 있더구나. 감사의 힘은 그만큼 위대하단다.

요즘 엄마는 행복하단다.
삼교대 해야 하는 너의 직업 특성상 얼굴 마주하기가 쉽지 않았지만, 가끔 함께 쇼핑하고 여행가고 얼굴 맞대며 얘기하는 시간이 너무나 소중하단다. 내년에 치를 공무원 시험, 너무 조급하게 생각하지 않았으면 한다. 지금껏 열심히 달려왔으니 올해는 안식년이라 생각하고 마음을 편하게 가졌으면 좋겠구나. 민아. 엄마는 네가 무엇을 하든, 어떤 길을 선택하든 항상 너를 응원한다.

이공일욱, 곰팔, 서영주

비록 호의적이지 않았던
삶의 시작이었지만
그래서 어쩌면 일찌감치
삶의 이면을 고민했었지만
불리한 출발선도
다소 일찍 시작 된
세상에 대한 고민도
결국 내 삶이었으니
소중한 기억으로 기록되리라

 곽정혜

지난 몇 개월이 꿈같이 흘러갔다. 글쓰기의 매력에 빠져 시간 가는 줄 모르다가 동이 터서야 눈을 붙이기 일쑤였다. 피곤한 줄 몰랐다. 20대 청춘처럼 에너지가 솟고 일상이 활기차졌다. '회춘하는 것 아니냐.'라는 우스갯소리도 들었다. 끼니를 걸러도 배고프지 않았고 장시간 책상에 앉아 있어 두 다리가 통나무마냥 부어 있어도 힘들지 않았다.

내 앞에 어떤 장애물이 오더라도 능히 이겨낼 수 있는 내면의 힘도 생겼다. 칼과 방패마냥 책과 글쓰기 작업이 무기가 되어 주었다. 글쓰기 작업을 시작하면서 내내 마음앓이를 심하게 했다. 무언지 모를 애틋함으로, 갈증으로, 애끓음으로 많은 시간을 고민하고, 울고, 웃었다. 연애하듯 그렇게 밀당 하면서 드디어 나만의 글을 내어놓게 되었다.

물론 아직은 세상을 향해 나를 드러내기가 두렵고 용기가 나지 않아 못다 한 이야기도 많다. 누군가는 나의 글로 인해 상처 받을 수 있고 그들만의 프라이버시를 지켜줘야 할 의무가 있기에 속 깊은 이야기들은 되도록 접어두었다. 내 마음이 더 숙성되고 내면의 아이가 더 성숙되면, 새로운 이야기로 다시 만나고 싶다.

이제 일상으로 돌아갈까 한다.
새로운 마음으로, 새로운 생각으로 그와의 교제를 준비해야겠다.

김남희

    평상시 책 읽는 것을 좋아하는 나이지만, 글을 쓴다는 것은 또 다른 일이었고 나에게 또 다른 도전이었다. 비록 형편없는 글이지만, 책으로 인해 변화된 나의 생각과 인생 이야기를 다른 분들과 함께 나누고 싶었다. 예전에는 책도 별로 읽지 않으면서 세상을 비관적으로, 희망 없이, 하루하루 살았던 것 같다. 그러나 요즘은 책을 읽으면서 변화된 내 모습에 나 자신도 깜짝 놀라곤 한다.

    책은 참말로 좋은 것이다. 몇 개월 전부터 독서모임을 진행하고 있는데, 독서모임을 함께하는 분들이 책을 통해 조금씩 성장하는 모습을 지켜보면서 책이 좋다는 것을 새삼 확인하고 있다. 생각에만 그치지 않고 느끼고, 그것을 생활 속에서 실천하려고 애쓰는 그들의 모습 속에서 과거의 내 모습이 오버랩 되기도 한다. 암만 생각해봐도 역시 책은 참말로 좋은 것이다.

    읽는 것도 좋지만 글을 쓰는 것 또한 참말로 좋았다. 무엇보다 글을 쓰면서 진정한 '나' 자신을 만나고, '진짜 나'를 들여다보게 된 것 같다. 불혹의 나이가 훌쩍 넘어서 버렸지만, 아직도 많은 부분에서 미흡하다. 그래서 부끄럽기도 하지만, 그래서 더 좋기도 하다. 앞으로 배워야 할 것이 많다는 것은, 그만큼 발전하고 성장할 가능성이 무궁무진하다는 얘기니까.

    나 자신은 물론이고 책과 함께 하는 사람들이 어떻게 성장하며 어떻게 변해갈지 궁금하고 기대된다. 세상이 아름답듯이 남은 나의 날들이 아름답기를 기원하며 설레는 마음으로 내일을 기다린다. 그리고 내일을 함께 할 많은 분들께 감사의 마음을 전하고 싶다.

    진심으로 감사드립니다.

김인설

3월부터 시작된 책 쓰기. 일주일에 글 하나를 써야 한다는 것이 많이 힘들었다. 그러나 그런 과정 속에서 글쓰기에 대한 두려움을 조금씩 극복할 수 있었다.

앞으로 살아가면서 내가 쓴 이 글은 누구도 아닌, 누구보다 나 자신에게 힘이 될 것 같다. 함께 기대며 응원하며 함께 걸어온 지난 시간들.

여덟 명의 선생님들과 함께했었기에 더 힘을 낼 수 있었다.

세상은 혼자 힘으로 살아가는 것이 아니라, 함께 힘을 모아 살아갈 때 기쁨도 행복도 배가 된다는 사실을 다시 한 번 배웠다.

 마야

　오래된 노트 속에서 지난날의 나를 만나다. 조금 전, 아니 어제의 일 같다. 사실 아득하게 멀어진 옛날인데 말이다. 노트를 보니 나의 서툰 글쓰기는 1980년대부터 시작되고 있었다.

　10대 때 난 참 많이도 두려워하면서 떨리는 삶을 살고 있었다. 노트의 많은 곳에서 '잘하고 싶다.'는 문장이 반복되고 있었으며 반성과 반성이 거듭되고 있었다. 욕심이 많은 아이는 아니었는데 내가 몰랐던 내가 이렇게 발견된다.

　20대 때 난 치열하게 삶을 살아내고 있었다. 사람과 사람과의 옳은 관계를 고민하고 있었으며, 내가 하고 싶은, 혹은 잘할 수 있는, 그것도 아님 해야 하는 일들을 진지하게 찾아내려 애쓰는 중이었다. 역시나 잘 살아내고 싶은 간절한 바람의 연속이었다.

　30대 때 난 여전히 치열하게 살아내고 있었지만 고민과 갈등은 조금씩 정리되고 있었던 듯하다. 만약 내가 나 자신의 미래를 미리 알고 그 길을 위해서만 계획하고 진행해 갈 수 있었다면, 하지 않아도 되는 고된 노력이나 실수의 횟수를 줄일 수 있었을까? 문득 그런 생각을 해 본다.

　흔히 얘기하는 청춘의 시간들을 게으르고 나태하게 보내지는 않은 것 같아 참 다행이다. 노트를 열어 보기 전 난 잊고 있었다. 지금의 나 역시 치열하고 바쁜 생활 속에 있는 것을, 이미 과거에서부터 이어지고 있는 진행형이었다는 것을, 그리고 난 아직도 만족을 찾지 못하고 있다는 것을, 앞으로는 그 치열함을 제대로 즐겨보려 한다.

윤슬

지금까지 나를 이끌어 온 것이 '글쓰기'였다.

'내가 그러했듯, 누군가에게도 그렇게 쓰이지 않을까.'

순진하게 이 마음 하나로 시작한 것이 '공저쓰기'였다. 그리고 10개월의 시간이 지나갔다.

'쓰다 보면 나아집니다. 여러분은 할 수 있습니다.'

이 말에 의지하며, 믿는 마음으로 함께 해 온 시간들이다.

'책'이 나를 이끌었듯,

여러 선생님의 이번 책이 그렇게 쓰이기를 진심으로 희망해본다.

기쁜 일 앞에서는 더 힘이 되는.

혹여 슬픈 일 앞에서는 더 큰 위로가 되기를.

2016년, 어느 해보다 따뜻하고 의미있게 만들어준 8명의 선생님들, 감사합니다.

 이경애

    글쓰기 작업을 하는 과정에서 시아버님의 '임종'을 치렀다. 6개월 간격으로 두 분의 시어른을 보내고 나니, 살아생전 잘한 것도 없으면서…… 그 빈자리가 아침저녁으로 형용할 수 없는 무게로 나를 짓눌렀다.

    시아버님의 임종으로 나는 또 하나의 '인생'을 배웠다.
    누군가 옆에 있다는 것은 사랑에서, 삶에서, 가장 중요한 일이다.

조재자

내 인생 40대에 늦깎이 신입 작가를 꿈꾸어 본다. 새로운 도전 속으로 한걸음 발을 내딛게 되었을 때, 두려움보단 용기가 나를 더욱 더 달음질하게 했다. 요가 강사라는 직업과 두 아이의 엄마, 아내, 며느리로서 어느 것 하나 소홀히 하지 않고, 잘 견뎌내어 나 자신도 놀랄 만큼 대단하다.

초봄 3월부터 시작해 뙤약볕이 내리쬐는 한여름 8월까지의 글쓰기 작업은 쉼 없이 내달리는 바퀴였다. 가만히 생각해 보면 일주일마다 주어지는 '글쓰기 과제'를 무리 없이 써내려왔기에 가능하지 않았나 싶다. '초고'작업이 끝나면 홀가분한 마음일 거라 생각했는데 '퇴고'라는 거대한 산이 있었다. 퇴고는 그야말로 뇌를 뜨겁게 달구지 않으면 안 되는 작업이었다. 그만큼 더 힘든 시간들이었다.

윤슬 작가는 우리에게 힘을 보태주며 이렇게 말했다.

"책 출간이 처음이니, 당연히 어려울 수밖에 없다. 거의 다 와 갑니다.
조금만 더 힘내면 됩니다."

진짜 그녀가 아니었다면, 감히 도전해 볼 생각조차 못했던 것을 하게 되었으니 감사하고, 고마운 마음뿐이다. 글쓰기로 힘들어할 때, 나를 다독여주며 '저도 그래요.'라고 공감해주었던 Justine. 그녀에게도 고마움을 표현하고 싶다. 그리고 긴 시간, 함께 글쓰기 작업을 진행해 온 멤버들이 있었기에 여기까지 올 수 있었다.
다행스럽고, 감사하다.

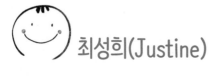

최성희(Justine)

강연체험카페 '클럽 공감'과 세라믹페인팅공방 'J세라믹카페'를 동시에 꾸려나가면서, 책 읽기와 글쓰기를 함께 진행하는 과정은 결코 쉽지 않았다.

내 평생 그렇게 바쁘게 살았던 적이 있었나 싶을 정도로 시간을 쪼개서 달려왔다.

사실 처음에는 내가 하는 일을 홍보하고 싶은 필요에 의해 시작하게 된 글쓰기였는데, 어느 순간, '나의 이야기'였고 '하고 싶은 이야기'들이었다. 지금껏 정신없이 달려온 시간들을 정리하고 나를 되돌아볼 수 있는 계기가 되었다. 또 지금의 삶에 충실하면서 행복한 내 미래를 만들기 위한 길을 찾는 데도 도움이 되었다.

여러 사람들과 함께하는 이 '공저 쓰기'를 통해 무엇보다 나 자신이 얻은 것이 가장 많은 것 같다. 내 마흔 인생에 있어 정말로 의미 있는 '도전'이었다. 정신없는 나로 인해 알게 모르게 피해를 입었을 텐데도 육아며 집안일에 많은 도움을 주고 늘 나를 응원해 주는 남편에게 '고맙다'는 말을 꼭 전하고 싶다. 그리고 바쁘고 피곤해하는 엄마를 오히려 다독여 주고 응원해 주었던 두 딸들에게도 마음을 전하고 싶다. 얘들아, 사랑해.

한정해

책을 낸다는 것은 나에게 꿈 같은 이야기였다.

도망치기를 몇 번, 눈에 실핏줄까지 터졌었다. 그럼에도 불구하고 책이 나왔다. 꿈이 현실이 된 것이다.

글쓰기를 계기로 지나간 세월을 되돌아보았다. 힘들고 어려웠던 시간들, 행복했던 시간들, 잊고 지낸 시간들. 이 시간들이 지금의 나를 만들어 주었다.

이 귀한 시간들을 다시 한 번 생각하고 느끼게 해 준 '책 쓰기'를 하게 되어 행복하다. 늘 가까이 있기에 고마운 줄 모르고 지냈는데 이번에 글을 쓰면서 가족의 소중함을 다시 한 번 느꼈다.

우리 가족 모두에게 감사함을 전하고 싶다.

자신에게 주어진 삶을
사랑하는 의지와 용기를 통해
행복한 에너지가 팡팡팡
샘솟으시기를 기원드립니다!

권선복

도서출판 행복에너지 대표이사
한국정책학회 운영이사

평범한 삶이란 무엇일까요? 근래에 들어 대한민국 사회를 돌아보면 그 평범한 삶조차 이제는 쉽지 않은 일이 되어 버린 것 같습니다. 장기적인 경기 침체와 곳곳에서 벌어지는 갈등은 수많은 국민들의 가슴을 걱정과 불안으로 채우고 있습니다. 이럴 때일수록 특별한 삶을 살기 위해 노력해야 합니다. 갖은 노력 끝에 목표를 성취하고 행복을 품에 안고, 사랑하는 사람들과 기쁨을 나눌 수 있는 그런 인생을 만들어 가야 합니다. 나 자신은 그 어느 것보다 위대하고 존귀한 존재이며, 내가 존재함으로써 이 세상도, 우주도 존재하기 때문입니다. 진정으로 행복한 삶, 특별한 삶을 살아가기 위해 우리는 무엇부터 시작을 해야 할까요?

책『언니들 인생을 리셋하다』는 당당하게 '행복한 삶을 살고 있다'고 자부하는 아홉 명의 여성이, 각기 다른 색으로 써 내려간 에세이 모음집입니다. 작가·독서지도사, L.T.O매니저, 영어도서관 관장, 중국어 교사, 캘리그라퍼, 미용실 원장, 요가 강사, 세라믹 핸드페인터, 프랑스 자수 강사라는 익숙한 이름표를 내려놓고, 솔직담백한 필체로 자신들의 인생길을 잔잔히 그려내고 있습니다. 저자들은 다른 많은 이들과 마찬가지로 고난과 부침을 거듭하다가 '자신의 삶을 사랑하는 것'에서부터 새로이 인생길을 시작하여 결국은 꿈을 이루어 나갑니다. 그리고 '글쓰기'를 통해 뜻을 모아 자신들의 이야기를 이 책에 오롯이 담아내었습니다.

자신을 사랑하지 못하는 사람은 타인 또한 사랑하지 못하고 타인에게 사랑을 받지도 못합니다. 남들에게 사랑받고 인정받기 위해서는, 우선 나에게 주어진 삶 자체를 사랑할 수 있는 의지와 용기가 필요합니다. 주변 상황 때문에 스스로를 비하하고 절망에 빠진 이들이 이 책을 통해 가슴을 펴고 자신 있게 세상을 향해 발걸음을 옮길 수 있기를 기대합니다. 또한 모든 독자 분들의 삶에 행복과 긍정의 에너지가 팡팡팡 샘솟으시기를 기원드립니다.

나를 위한 도전! 내 삶의 특별한 1%

김기홍 지음 | 값 15,000원

책 『나를 위한 도전! 내 삶의 특별한 1%』는 우리에게 위로의 메시지를 전해주고 있다. 스스로를 비하하며 자조하는 현대인에 대한 안타까운 시선과, 또 그 현대인 중 한 사람으로서 이대로 머무르고 좌절하는 것이 아니라 긍정과 도전을 통해 함께 걸어가자고 제안한다. "그래도 우리 같이 힘내자"며 '나 혼자'가 아닌 '우리'를 강조하는 저자에서 현대 사회를 바라보는 따뜻한 시선을 느낄 수 있다.

마리아관음을 아시나요

황경식 지음 | 값 15,000원

책 『마리아관음을 아시나요』는 세계의 종교와 문화가 다른 것 같아도 그 안에는 인류를 하나로 묶는 강력한 구심점으로 '모성애'가 있다는 것을 강조한다. 책은 이러한 모성애의 상징으로 서양 기독교의 '성모 마리아', 동양 불교의 '송자 관음보살' 그리고 한국 전통문화 속에 깊이 침잠되어 전해 내려온 '삼신할미 신앙'을 예로 들며 각 종교의 전승과 유래, 모성애적 상징 등 흥미로운 이야기들을 설명한다.

생각의 중심

윤정대 지음 | 값 14,000원

책 『생각의 중심』은 동 시대를 살아가며 보고 듣고 느낄 수 있는 이야기들에 대해 저자의 시각과 생각을 모아 담은 것이다. 2015년 겨울부터 2016년 여름까지 우리 사회에 주요 이슈로 다루어졌던 사건들에 대한 견해들이나 개인적인 경험담 등 다양한 소재들을 활용해 거침없이 글을 풀어내었다. 정치, 법률제도와 같은 사회문제는 물론 존재와 성찰이라는 철학적 사유까지 글쓰기의 깊은 내공으로 독자들에게 즐거움을 선사하고 있다.

일 잘하게 하는 리더는 따로 있다

조미옥 지음 | 값 15,000원

책 『일 잘하게 하는 리더는 따로 있다』는 신뢰를 바탕으로 구성원을 이끌며 일터를 더 좋은 환경으로 만드는 리더십의 모든 것을 담고 있다. 현재 팀문화 컨설팅을 주도하는 'TE PLUS' 대표를 맡고 있는 저자는, 이미 엘테크리더십개발원 연구위원으로 있으면서 기업의 인재 육성에 획을 긋는 '자기 학습' 및 '학습 프로세스' 개념을 독창적으로 만들어 LG전자, 삼성반도체, 삼성인력개발원, 삼성코닝, KT&G, 수자원공사 등 국내 유수 기업에 적용시킨 바 있다. 이 책은 저자의 연구 열정과 그 성과를 집대성한 작품이다.

색향미

정연권 지음 | 값 25,000원

책 『색향미 – 야생화는 사랑입니다』는 국내에서 흔히 접할 수 있는 170여 종의 야생화를 사계절로 분류하여 자세하고 소개한다. 정형화된 도감의 형식에서 벗어나 꽃의 애칭을 정하고, 이미지가 응축된 글과 함께 꽃의 용도와 이용법, 꽃말풀이 등을 담아내었다. 귀화한 야생화도 다문화 · 다민족으로 진입한 현 시대상을 따라 함께 포함하고, 풀과 나무에서 피는 야생화와 양치류같이 꽃이 없는 야생화도 아우르며 더 폭넓고 풍성하게 책 내용을 꾸리고 있다.

와인 한 잔에 담긴 세상

김윤우 지음 | 값 15,000원

책 『와인 한 잔에 담긴 세상』은 와인에 대해 절대 연구할 필요도 없고 고민할 필요도 없는 술이라고 강조한다. 그저 편안하게 있는 그대로를 즐기면 되는 음료이자, 하나의 멋진 취미생활이자 직업이 될 수 있는 술이라고 말한다. 저자는 "슬픈 사람을 기쁘게 만드는 신비의 힘, 그것이 바로 와인이다."라고 하며 "와인을 알게 되면서 경험했던, 그래서 풍요로운 인생을 경험했던 와인과 관련된 인생의 경험들을 여행으로, 파티로, 음식으로 풀어낸 일상의 이야기"라고 책에 대해 이야기한다.

아이디어맨이여! 강한 특허로 판을 뒤집어라

정경훈 지음 | 값 15,000원

책은 전문용어를 가능한 한 배제하고 쉬운 용어를 사용하여, 복잡한 특허문제들을 간단하게 풀어나간다. 비전문가들이 좀 더 편안하게 특허에 대해서 이해할 수 있도록 배려했으며, 경영자 또는 특허담당자들도 쉽게 특허를 이해하는 데 도움을 주고 있다. 강한 특허에 주목해야 하는 까닭부터 시작하여, 반드시 알아야 할 특허상식, 그리고 출원 전후의 특허상식과 CEO가 알아야 할 특허상식 등을 다양한 예시와 도표를 통해 제시하여 독자의 이해를 돕는다.

행복한, 너무나 행복한 즐거운 정직

김석돈 지음 | 값 15,000원

책 『즐거운 정직』은 꿈과 행복을 향해 나아가는 길, 반드시 가슴에 새기고 지향해야 할 가치 '정직'이 우리 삶에 얼마나 중요한지를 다양한 사례와 연구를 통해 제시한다. 정직이라는 가치가 땅에 떨어진 시대, 혼란한 삶을 살아가는 대한민국 국민들에게 가장 필요한 이야기들을 책 한 권에 가득 담아내었다. 인류 역사가 시작된 이래 몇 가지 변하지 않는, 다이아몬드 원석과도 같은 가치들이 있다. 그중에서도 정직은 손에 꼽을 만하다. 수많은 선지자들이 삶을 행복으로 이끌기 위해 반드시 정직하게 살아야 함을 강조했던 까닭을 이 책을 통해 많은 이들이 다시금 곱씹어 보기를 기대해 본다.

Happy Energy books

좋은 **원고**나 **출판 기획**이 있으신 분은 언제든지 **행복에너지**의 문을 두드려 주시기 바랍니다.
ksbdata@hanmail.net   www.happybook.or.kr   단체구입문의 ☎010-3267-6277

하루 5분 나를 바꾸는 긍정훈련
행복에너지

'긍정훈련' 당신의 삶을 행복으로 인도할
최고의, 최후의 '멘토'

'행복에너지 권선복 대표이사'가 전하는
행복과 긍정의 에너지, 그 삶의 이야기!

권선복

도서출판 행복에너지 대표
대통령직속 지역발전위원회
문화복지 전문위원
새마을문고 서울시 강서구 회장
한국정책학회 운영이사
영상고등학교 운영위원장
아주대학교 공공정책대학원 졸
충남 논산 출생

국민 한 사람, 한 사람이 모여 큰 뜻을 이루고 그 뜻에 걸맞은 지혜로운 대한민국이 되기 위한 긍정의 위력을 이 책에서 보았습니다. 이 책의 출간이 부디 사회 곳곳 '긍정하는 사람들'을 이끌고 나아가 국민 전체의 앞날에 길잡이가 되어주길 기원합니다.

** **이원종** 대통령직속 지역발전위원회 위원장

'하루 5분 나를 바꾸는 긍정훈련'이라는 부제에서 알 수 있듯 이 책은 귀감이 되는 사례를 전파하여 개인에게만 머무르지 않는, 사회 전체의 시각에 입각한 '새로운 생활에의 초대'입니다. 독자 여러분께서는 긍정으로 무장되어 가는 자신을 발견할 수 있을 것입니다.

** **조영탁** 휴넷 대표이사

권선복 지음 | 15,00

"좋은 책을
만들어드립니다"

저자의 의도 최대한 반영!
전문 인력의 축적된 노하우를 통한 제작!
다양한 마케팅 및 광고 지원!

최초 기획부터 출간에 이르기까지, 보도 자료 배포부터 판매 유통까지! 확실히 책임져 드리고 있습니다. 좋은 원고나 기획이 있으신 분, 블로그나 카페에 좋은 글이 있는 분들은 언제든지 도서출판 행복에너지의 문을 두드려 주십시오! 좋은 책을 만들어 드리겠습니다.

| 출간도서종류 |
시·수필·소설·자기계발·일반
인문교양서·평전·칼럼·여행기
회고록·교본

도서출판 행복에너지
www.happybook.or.kr
☎010-3267-6277
e-mail. ksbdata@daum.net